KB261528

만리웅풍

월인 新무협 판타지 소설

FANTASTIC ORIENTAL HEROES

만리웅풍 4

월인 新무협 판타지 소설

초판 1쇄 찍은 날 § 2007년 12월 24일
초판 1쇄 펴낸 날 § 2007년 12월 31일

지은이 § 월인
펴낸이 § 서경석

편집장 § 문혜영
편집책임 § 이재권
편집 § 조수희

펴낸곳 § 도서출판 청어람
등록번호 § 제1081-1-89호
등록일자 § 1999. 5. 31
어람번호 § 제2-1383호

주소 § 경기도 부천시 원미구 심곡1동 350-1 남성B/D 3F (우) 420-011
전화 § 032-656-4452 팩스 § 032-656-4453
http://www.chungeoram.com
E-mail § eoram99@chollian.net

ⓒ 월인, 2007

ISBN 978-89-251-1108-7 04810
ISBN 978-89-251-1006-6 (세트)

萬里雄風

만리웅풍

4 만박노조(萬博老祖)

월인 新무협 판타지 소설

FANTASTIC ORIENTAL HEROES

청어람

目次

第三十五章
기선제압(氣先制壓)

두_{두두!}

 자신이 탄 말이 점점 더 혈우마령대와 가까워지자 유진룡은 말 등자쇠에서 발을 빼내어 안장 위로 올린 후 반가부좌를 틀었다.

 그것은 인간이 앉은 상태에서 가장 빠르게 공격을 할 수 있는 자세였다. 그로 인해 말 타는 자세는 더욱 불안정해지고 제대로 된 기마술이 나오지 않았지만 더 이상 그건 상관없었다.

 따가닥!

 따가닥!

이젠 말 세 마리가 앞뒤로 이어 선 거리만큼 가까워졌다.

'지금!'

파앗―

말안장을 박찬 유진룡은 비호처럼 허공으로 날아올랐다.

"엇!"

"이, 이런!"

뒤뚱거리듯 이상한 자세로 말을 몰아오던 유진룡이 갑자지 말등에서 튀어 오르자 제일 뒤쪽에서 말을 달리던 혈우마령대 대원들이 경호성을 터뜨렸다.

"피해!"

담약운이 고함을 질렀다.

그러나 그건 방관자의 입장에서나 가능한 얘기였고 당사자들은 도저히 그럴 엄두를 내지 못했다.

제일 뒤에 있던 단장검(斷腸劍) 무장성(無場城)이 반사적으로 검을 뽑았다.

까앙―

검이 반도 뽑히기 전에 그것은 유진룡의 발에 두 토막이 났다.

팟―

검을 토막낸 유진룡의 발은 무장성의 옆구리까지 같이 가격했다.

"큭!"

무장성이 비명과 함께 바닥으로 나뒹굴었다.

휘익!

무장성의 옆구리를 차며 반동을 얻은 유진룡은 허공에서 그대로 몸을 회전하며 신속히 다리를 위로 끌어올렸다.

쌔애액—

무장성 옆에서 말을 달리던 사내, 방조산(坊兆産)의 검이 유진룡의 다리 아래를 베고 지나갔다.

허공에서 쪼그려 앉듯이 끌어올렸던 다리를 쭈욱 내뻗은 유진룡은 발뒤축으로 방조산의 어깨를 향해 말뚝을 박듯이 내려찍었다.

히히히힝—

방조산의 신형보다 방조산을 태운 말이 먼저 휘청거렸다.

이번 공격은 유진룡이 발뒤축으로 한 점만 가격한 것이 아니라, 재차 도약력을 얻기 위해 짓이기듯 공격을 했기에 그 타격이 방조산의 내부를 흩어놓음과 함께 말등까지 전해진 것이다.

"크윽!"

뒤이어 방조산은 말안장 위에서 코방아를 찧듯이 앞으로 쓰러졌다.

챙!

챙—

불의의 기습으로 두 명의 동료를 잃은 혈우마령대 대원들이 일시에 검을 뽑았다.

방조산의 어깨를 찍고 다시 허공으로 떠오른 유진룡의 신형은 공중에서 한 바퀴 회전한 후 땅바닥에 엎드리듯 허공에서 사지를 활짝 펼쳤다.

파파파팡—

백호십이수의 제육형 백호박룡(白虎搏龍)이 펼쳐지며 유진룡의 두 팔과 두 다리가 용을 포박하는 대호처럼 사내들을 쓸어갔다.

땡강!

챙!

“큭!”

쇳소리와 비명 소리가 뒤섞여 흘러나왔다.

두 개의 검이 동강나서 허공으로 튕겨 올랐고 채 검을 뿌리지 못하고 유진룡의 발과 손에 가격당한 두 명이 선혈을 토하며 무너져 내렸다.

허공에 뜬 채 전광석화같이 네 명을 쓰러뜨린 유진룡은 비로소 땅에 내려섰다.

바닥에 쓰러진 혈우마령대 대원들이 짐승처럼 꿈틀거리고 있었다.

아직 말 위에 앉아 있는 혈우마령대 대원들은 어이가 없는지 입을 열 생각조차 못하고 멍하니 유진룡을 쳐다보고 있었다.

마치 광대같이 우스꽝스러운 몸짓으로 말을 달려온 유진 룡이 동료들 네 명을 순식간에 때려눕힌 것이 도저히 믿기지 않는 눈빛이었다.

"감히!"

비로소 현실을 인식한 담약운이 날듯이 말에서 뛰어내렸 다.

그를 따라 요장령과 막고신, 그리고 나머지 사내들이 분분 히 말에서 뛰어내렸다. 그리고는 순식간에 유진룡의 주변을 둘러쌌다.

유진룡은 느긋이 그들의 행동을 지켜보고 있었다.

지금 현재 유진룡에게 가장 신경 쓰이는 것은 그들이 말에 도로 올라타고 질풍같이 달려가는 것이었다.

그것만은 도저히 어찌할 수가 없을 것 같았다.

그러나 이렇게 자진해서 말에서 내려주니 인사라도 차리 고 싶은 심정이었다.

"대체 누구냐, 네놈은?"

담약운은 수염을 부르르 떨며 물었다.

"그것보다… 당신들은 혈우마령대?"

유진룡은 도리어 질문을 던졌다.

담약운의 수염이 더욱 세차게 떨렸다.

문득 뇌리 속으로 한 가지 생각이 지나갔다.

자신들의 정체를 아는 이놈은 정가장의 안주인을 납치하

러 간 동료들 다섯을 처치한 놈일 것 같았다.

아니, 그것이 분명했다.

순식간에 동료 네 명을 쓰러뜨린 솜씨라면 틀림없었다.

"네놈이 우리 동료 다섯을 처치했느냐?"

담약운은 이글거리는 눈으로 유진룡을 쳐다보았다.

"서로의 질문에 각각 답을 했다고 생각하면 되겠군."

유진룡이 고개를 끄덕이며 담약운과 다른 다섯 사내들을 쳐다보았다.

그들의 눈에서는 당장에라도 유진룡을 찢어 죽일 듯한 살기가 피어오르고 있었다.

아랑곳하지 않은 유진룡은 다시 입술을 움직였다.

"그런데 왜 열 명뿐이오?"

유진룡은 이리저리 시선을 돌려보았다.

아직 열다섯 명이 더 남아 있을 터인데 어느 곳에도 그들의 낌새는 보이지 않았다.

당장 상대해야 할 인원은 적어서 좋겠지만 결국은 해치워야 할 자들이기에 찾아다녀야 하는 부담이 나중에 더 크게 생긴다.

"이, 이!"

담약운이 이를 빠드득 갈았다.

자신들도 모자라 다른 동료들까지 찾고 있는 유진룡의 모습에 참을 수 없는 모욕감과 분노가 머리끝까지 치밀어 올랐다.

"천둥벌거숭이 같은 놈이… 하늘 높은 줄 모르는구나."

요장령도 씹어 삼킬 듯한 눈빛과 함께 유진룡의 측면으로 조여들었다.

예상치 못한 기습에는 당했지만 이젠 제대로 준비를 하고 달려들어 갈기갈기 찢어놓을 생각이었다.

그를 따라 막고신과 다른 사내들도 서서히 조여들었다.

유진룡은 여전히 무방비 상태의 자세로 그 자리에 서 있었다.

어찌 보면 이 상황에서 어떤 자세가 가장 어울리지 결정을 못하는 것도 같았고, 또 어찌 보면 완벽한 포위망 속에서 옴짝달싹 못하는 것도 같았다.

하지만 그것은 겉보기일 뿐, 지금 유진룡의 모든 신경은 흘러가는 바람 한줄기마저 놓치지 않을 정도로 최고조의 긴장을 유지하고 있었다.

온몸을 잔뜩 웅크린다고 해서 최고의 긴장이 유지되는 것은 아니다. 오히려 그런 자세는 근육을 굳게 하여 순발력을 떨어뜨린다.

물속에 들어앉은 듯이, 바람에 날아갈 듯이 온몸을 텅 비우고 의식마저 텅 비웠을 때 솜털 끝에 닿는 먼지 한 올까지 느낄 수 있고, 순식간에 바람이 되어 날아갈 수 있었다.

막고신의 얼굴에 차가운 살기가 어렸다.

파앗—

막고신의 발이 땅을 찍었다.

그러나 한발 앞서 유진룡의 다리가 먼저 솟구쳤다.

팽팽한 기운의 흐름이 흐트러지는 그곳으로 유진룡의 발은 바람처럼 파고들었다.

"엇!"

땅을 찍으려는 찰나, 마치 자신의 생각을 읽기라도 한 듯 날아드는 유진룡의 발에 막고신은 비명을 삼키며 뒤로 물러섰다.

잔뜩 끌어올렸다가 뿌려내지 못한 내력이 혈맥 속을 역류하여 내부를 진탕시켰다.

파아앗—

이번에는 유진룡의 주먹이 섬뜩한 기운을 싣고 날아들었다.

쌔애액!

막고신 옆에 있던 사내, 형시추(亨是推)가 쾌속하게 검을 뿌렸다.

휘익—

유진룡의 신형이 급격히 회전하며 번개 같은 선풍각이 형시추를 향해 날아들었다.

형시추는 급히 검초를 바꾸며 뿌렸던 검을 사선으로 그어 올렸다.

채찍처럼 휘돌아오던 유진룡의 다리가 아래로 떨어져 내리며 언제 다가왔는지도 모를 유진룡의 주먹이 형시추의 미간에 살짝 닿았다가 오히려 더 빠른 속도로 떨어져 나갔다.

그 모습은 마치 형시추가 유진룡의 주먹을 박치기로 강하게 튕겨낸 모양이었다.

형시추는 멍하니 유진룡을 쳐다보았다.

두 눈 사이 급소에 닿은 듯 말 듯 주먹을 뿌린 유진룡의 신형이 갑자기 안개 속으로 사라졌다.

아니, 유진룡의 신형뿐만 아니라 모든 동료들의 모습도 뿌연 연기 속으로 사라졌다.

그리고 세상 만물이 형시추의 의식 속에서 모두 사라져 버렸다.

쿵!

형시추의 신형이 통나무처럼 뒤로 넘어갔다.

뒤이어 그의 코에서 두 줄기 핏물이 쏟아지고 있었다.

막고신은 자신도 모르게 입을 벌렸다.

공격은 자신이 먼저 했다.

그러나 제대로 검을 뿌리지 못하고 뒤로 밀린 사이, 자신을 돕던 형시추가 순식간에 쓰러졌다.

뻔히 보고도 믿지 못할 상황이고 움직임이었다.

뼈와 근육으로 된 인간의 몸이 저렇게 빠르게, 또 저렇게 자유자재로 휘돌아 나가고 뻗어나갈 수가 있는 것일까? 하는 생각이 머리를 스쳤다.

빠르기만 한 것이 아니었다.

바람처럼 가벼우면서도 공격을 할 때는 만근 바위처럼 무거웠다. 그리고 순식간에 구름처럼 부드러워졌다.

그건 자신들의 검초로는 도저히 구현해 낼 수 없는 움직임이었다.

어쩌면 저놈은 생각보다 몇 수, 아니, 상상 이상의 고수일지도 모른다.

그런 생각들이 남은 혈우마령대원들 가슴을 짓눌러갔다.

'방심했다.'

담약운은 눈살을 찌푸렸다.

말을 타고 달려오는 모습만 보며 너무 우습게 생각했다.

처음부터 이런 놈인 줄 알았다면 말에서 내리지 말고 상대해야 했다.

그러나 이젠 기호지세였다.

다시 말에 올라 달려들 기회도 없을뿐더러 그러고 싶지도 않았다.

우우웅―

담약운의 검에서 무거운 진동음이 울렸다.

우우웅!

요장령도 똑같이 최대한의 내력을 검에 불어 넣었다.

뒤이어 나머지 세 사람도 생사를 결정지을 준비를 했다.

'그럴수록 더 늦어질 뿐!'

유진룡은 냉철한 눈으로 담약운과 요장령을 쳐다보았다.

빠르고 싶다면 내부를 텅 비우고 가벼워져야 한다.

인간의 몸은 백호 같은 맹수와는 달랐다. 그들처럼 힘을 더 쏟아 붓는다고 더 빨라지는 것은 아니다.

"하앗!"

담약운이 큰 기합성과 함께 태산을 자를 듯 검을 휘둘렀다.

그의 검에서 시퍼런 기운이 한 자나 뻗어 나왔다.

유진룡의 신형이 흐릿한 잔상을 남겼다.

왼쪽으로 움직이는가 싶었는데 어느새 오른쪽으로 휘몰아 가고 있었다.

흐릿하게 보인 잔상은 순식간에 몇 번이나 방향 전환을 하며 생긴 것이었다.

담약운의 검이 유진룡의 잔상을 갈랐다.

파앗―

유진룡의 실체는 어느새 담약운의 오른쪽을 휘돌아 다른 사내에게로 쏘아졌다.

파앗―

사내가 온 힘을 다해 검을 뿌렸다.

검초를 떠올릴 겨를이 없었다.

검초보다 더 빠른 변화를 보이는 유진룡의 움직임 속에서 검초를 뿌리는 것은 모두가 허초로 전락할 뿐이었다. 최대한의 내력을 모아 한순간만 잘라야 했다.

'잘랐다!'

사내가 속으로 고함을 질렀다.

그건 여전히 잔상이었다.

실체는 벌써 좌측을 돌아 막고신에게로 쏘아지고 있었다.

휘익!

막고신의 검이 구주횡단(九州橫斷)의 수법으로 갈라왔다.

아지랑이처럼 좌우로 흔들리는 유진룡을 내려쳐서는 잡을 수 없었다. 흔들리는 궤적 전체를 횡으로 쓸어가야 가능성이 일 푼이라도 있을 것 같았다.

그러나 막고신의 검에는 아무것도 걸리지 않았다.

어느새 막고신의 허리에 발을 찔러 넣고 검의 궤적에서 벗어난 유진룡의 신형은 요장령에게로 덮쳐들고 있었다.

퍼억—

요장령은 어찌해 보지도 못하고 가슴에 일격을 당했다.

그 일격에 요장령은 동료에게로 날아갔다.

뛰어들던 사내 묵호월(墨互月)이 날아오는 요장령의 신형을 엉겁결에 검신으로 받았다.

"크윽!"

툭!

투둑!

유진룡의 신형이 휘돌며 스쳐 간 담약운과 막고신, 그리고 또 한 명의 사내가 그때서야 무너져 내렸다.

스치기만 했을 뿐 타격음도 터져 나오지 않았는데 그들은 모조리 쓰러졌고 입과 코에서는 먼저 쓰러진 동료들처럼 선혈이 터져 나왔다.

"으으—"

묵호월이 신음인지 울부짖음인지 모를 소리를 토했다.

열 명이었던 인원들이 모두 쓰러지고 이젠 자신과 요장령만 남았다.

그중 무공이 강해서 남은 것이 아니었다.

단지 유진룡의 공격에 아직 걸리지 않았거나, 유진룡이 경력(經力)을 싣지 않고 밀치는 식으로 공격했기 때문이었다.

유진룡은 묵묵히 두 사람을 쳐다보았다.

살생에 대한 회의 따윈 접어두기로 했다. 그러기엔 앞으로의 피비린내가 너무 짙어보였다.

이들의 수법은 공격일변도였고 모두 살초들뿐이었다. 그리고 그들의 검에서는 숨이 막히는 듯한 피 냄새가 뿜어져 나왔다.

나중에는 자신의 몸에서도 더 진한 피 냄새가 풍길 테지만……

"남은 동료들은?"

유진룡은 요장령에게 질문을 던졌다.

요장령의 눈이 어지럽게 흔들렸다.

손이나 발이 한 번 닿자마자 죽어 나자빠지던 동료들과 달리 가슴 한복판을 정확히 차였는데도 살아 있는 이유가 짐작된 것이다.

"개소리!"

요장령은 이를 갈며 소리를 질렀다.

이젠 날이 밝고 있느니 동료들이 돌아올 것이다. 그리고 이 놈이 가만있어도 곧장 이곳으로 달려와 마주칠지도 모른다.

하지만 자신의 입으로 가르쳐 주고 싶지 않았다.

그건 마지막 남은 오기였다.

이제껏 자신들은 주군의 비밀 지시를 받은 수많은 습격에서 단 한 번도 실패하지 않았고, 단 한 명의 동료들도 잃지 않았다.

그건 더없는 자부심이었고 절대로 굴하지 않을 자존심이었다.

그걸 마지막 순간에 허물고 싶지는 않았다.

저벅!

입을 굳게 다물고 있는 요장령을 향해 유진룡은 천천히 다가갔다.

비홍문에 가면 알 수도 있을 것이다. 그래도 혹시나 해서 두 명을 남겨 놓았는데 이 사내는 물론, 다른 한 사내도 절대로 가르쳐 줄 것 같지가 않았다.

휘익—

묵호월의 검이 먼저 허공을 갈랐다.

맞받아 공격을 하려던 유진룡은 훌쩍 뒤로 몸을 피했다.

때마침 저쪽에서 수많은 말발굽 소리가 들려왔기 때문이었다.

비홍문도들이었다.

이젠 그들도 채비를 하고 달려오고 있었다.

유진룡은 유심히 귀를 기울었다.

수십은 넘을 것 같은 소리였다. 어쩌면 그보다 훨씬 넘을 것 같기도 했다.

그들 속에 남은 혈우마령대가 있다면 다행이지만 그렇지 않으면 정말 피곤할 것 같았다.

'다음 기회로 미뤄야 하나?'

잠시 갈등하는 사이, 요장령과 묵호월이 동시에 달려들었다.

"기회가 있을 때 도망쳤으면……."

파앗!

낮게 중얼거린 유진룡의 주먹이 묵호월의 요혈 두 군데를 찔러들었다.

"크윽!"

묵호월이 비명과 함께 주르르 뒤로 밀려났다.

가슴 부근에 있는 대혈 두 곳이 파괴된 그는 비명을 다 터뜨리지도 못하고 쓰러졌다.

쐐애액!

요장령의 검이 목을 향해 날아들었다.

유진룡은 슬쩍 상체를 틀었다. 그러나 그의 검은 줄에라도 묶인 듯 다시 유진룡의 목으로 날아들었다.

땡강—

손등으로 검을 부러뜨린 유진룡은 거의 동시에 무릎을 차올려 요장령의 복부를 가격했다.

"큭!"

단전이 파괴된 요장령이 새빨간 정혈을 토해내며 그 자리에 꼬꾸라졌다. 그는 더 이상 무공을 익힐 수 없는 폐인이 되고 말았다.

우두두!

그사이 비홍문도들이 날듯이 말을 몰아왔다.

유진룡은 그들의 말을 살폈다.

혈우마령대가 타고 다니는 몽고마는 보이지 않았다. 그렇다면 남은 혈우마령대 열다섯은 저곳에 없다는 말이었다.

유진룡은 잠시 생각에 잠겼다.

달려오는 비홍문 놈들은 모두 합쳐도 방금 쓰러뜨린 혈우마령대의 전력의 반도 되지 못할 것이다.

아무리 많은 놈들이 달려든다고 해도 공간적 한계 때문에 동시에 자신을 공격할 수 있는 인원은 몇 명 정도밖에 안 된다. 그들을 차례차례 부숴 나가면 결국 모두 쓰러뜨릴 수도 있었다.

그러나 그건 별 의미가 없었다.

혈우마령대만 아니라면 정가장의 호원무사들로도 충분히 막을 수 있었다.

'일단 몸을 피해야겠군!'

입맛을 다시며 신형을 움직이려던 유진룡은 반대 방향으로 고개를 돌렸다.

그곳에서도 비슷한 소리가 들려오고 있었다.

정가장의 호원무사들이 질풍같이 달려오고 있는 소리였다.

그러나 그걸 알 리 없는 유진룡은 잠시 더 서 있었다.

앞뒤가 막힌 상황이기도 했거니와 일이 어떻게 돌아가는지 갈피를 잡지 못했던 것이다.

두두두!

이윽고 정가장 호원무사들의 모습을 드러냈다.

그들의 복장을 쳐다본 유진룡은 비로소 사태를 짐작했다.

비홍문 근처 나무 위에서 상황을 살피며 급변하는 비홍문의 동태를 보고 누가 쳐들어오나 싶었는데 정가장이 역습을 하고 있었던 것이다.

따가닥!

정가장의 무사들은 이제 겨우 모습을 드러냈지만 비홍문도들은 벌써 지척으로 다가들었다.

선두에서 달려드는 놈들 몇 명만 때려눕히고 몸을 빼내려 작정한 순간 비홍문의 선두에서 달려오던 사내가 급히 고삐를 잡아당겼다.

히히히힝—

말이 긴 울음을 토하며 앞발을 들어 올렸다.

"엇!"

정가장의 호원무사들을 본, 아니, 그전에 유진룡 근처에 쓰러져 있는 혈우마령대 열 명을 본 비홍문 필살대(必殺隊) 대주 왕가균(王加均)은 두 눈을 크게 떴다.

'저건?'

멀리서 달려올 때는 무슨 상황인지 정확히 알 수가 없었는데 이젠 확연히 눈에 들어왔다.

정가장 놈들의 예봉을 꺾기 위해 자신들은 마구를 찾기도 전에 바람같이 달려나간 혈우마령대 열 명이 모두 쓰러져 있었다. 그리고 주인을 잃은 말들만이 양쪽에서 달려오는 사람들을 보고 산 쪽으로 달아났다.

그 말들과 함께 유진룡의 말도 같이 달아났다.

그 모습은 절로 경종을 울리며 말고삐를 잡아당길 수밖에 없었다.

"모두 정지!"

왕가균은 손을 들어 올리며 고함을 질렀다.

"뭐야!"

"미쳤나!"

상황을 파악하지 못하고 계속 치달려오던 비홍문도들이 서로 부딪칠 듯 말을 멈추며 고함을 질러댔다.

이런 식으로 질주하며 똑같은 상황에서 적들과 마주칠 때는 조금이라도 더 속도를 내는 것이 유리했다.

그런 상태에서 도검을 휘두르면 가속이 붙은 병기가 상대의 병기를 튕겨 버리거나 부러뜨리며 기선을 제압할 수 있다. 반면, 적전에서 이런 느닷없는 멈춤은 일종의 자살 행위였다.

그러나 필살대주 왕가균의 손은 한층 더 높이 올라가며 정지 명령을 내리고 있었다.

"모두 죽여라."

정가장의 황기단주 고엄경도 고함을 지르며 치달려오다가 저 멀리서 말을 멈추는 비홍문도들을 보며 짙은 의구심과 함께 불식간에 속도를 늦추었다.

유진룡에 비해 안력이 떨어져 유진룡과 혈우마령대의 모습을 세세히 인식하지 못한 그들에게 비홍문도들의 저런 움직임은 구름 같은 의구심을 갖게 했다.

함정일 수도 있었고 다른 흉계가 기다릴지도 몰랐다.

"워! 워!"

고엄경은 더욱 속도를 늦추었다.

뒤에서 따르던 정가장주 정학중과 정조휘도 말의 속도를 늦추었고 흑기단주 동윤(冬尹)도 말고삐를 당겼다.

“무슨 일일까요?”

정조휘가 고개를 빼며 물었다.

“협상이라도 할 심산인가?”

흑기단주 동윤이 날카로운 눈으로 앞을 쏘아보았다.

“가보면 알겠지.”

정학중이 잇새로 말하며 제일 앞으로 나서서 천천히 진군
했다.

그 앞으로 얼른 고엄경과 동윤이 나서서 말을 몰았다.

“저건!”

잠시 후 좀 더 가까이 다가온 고엄경이 고함처럼 소리를 질
렀다.

정학중도 눈을 부릅뜨며 고개를 이리저리 돌렸다.

널브러진 열 명의 사내들과 그 옆에 우두커니 서 있는 유진
룡의 모습이 비로소 눈에 들어왔다.

“설마… 저들도 혈우마령대?”

정조휘의 눈이 더 이상 커질 수 없이 크게 뜨여졌다.

조금 더 다가가 보아야 완전히 확신하겠지만 언뜻 보기에
도 그들은 백엽동으로부터 전해 들었던 혈우마령대의 모습
같았다.

검은 복장에 저만치 산을 향해 달아나고 있는 몽고마!

“혈우마령대가 맞습니다!”

흑기단의 일급 호원무사 하준펑이 고함을 질렀다.

　정가장의 안주인을 모시고 그녀의 친정까지 갔다가 돌아오며 혈우마령대를 직접 본 그는 단박에 그들의 정체를 알아보았다. 그때 자신을 습격한 다섯 명은 저들과 달리, 제각각의 복장으로 정체를 숨기고 있었지만 그들이 신고 있는 가죽신은 똑같은 종류였다.

　"정말 혈우마령대이오?"

　정조휘가 재차 확인했다.

　"맞습니다. 그래서 저놈들이 멈추었던 것 같습니다."

　하준평이 고개를 끄덕였다.

　"그럼 더 걱정할 것이 없군요."

　황기단주 고엄경이 미소를 지으며 전의를 불태웠다.

　혈우마령대만 없다면 비홍문 놈들은 여전히 도적 나부랭이었다. 그들은 순식간에 쓸어버릴 자신이 있었다.

　"그래도 아직 열다섯이 더 남았잖소?"

　평소에 사이가 안 좋았던 흑기단주 동윤이 약간은 불만스런 목소리로 말을 받았다.

　비홍문을 치자고 할 때부터 고엄경에게 계속 선수를 빼앗긴 때문이었다.

　"그럼 또 저 모양으로 쓰러지겠지."

　고엄경이 유진룡을 바라보며 다시 미소를 지었다.

　휘익!

　할 말을 찾지 못한 동윤은 고삐를 흔들며 앞으로 나아갔다.

'저놈이 선동한 모양이군!'

제일 앞에서 다가오는 정조휘를 보며 유진룡은 그렇게 판단했다.

신중한 부친과는 달리 저놈은 저돌적인 데가 있었다. 그래서 이렇게 역습을 해온 것 같았다.

고개를 흔든 유진룡은 천천히 옆으로 비켜났다.

혈우마령대가 없는 비홍문이라면 정가장의 상대가 안 될 터이고 자신은 빠져도 될 것이다.

'그런데 남은 열다섯 놈들은 어디 있지?

약간 높은 지대에 올라선 유진룡은 비홍문의 뒤쪽을 살폈다.

뒤쪽에도 그들의 모습은 보이지 않았다.

"자네가 해치웠나?"

천천히 다가온 정가장주 정학중이 유진룡에게 물었다.

유진룡이 묵묵히 고개를 끄덕였다.

"대체! 자네 정체는 뭔가?"

이번에는 정조휘가 평대를 하며 물었다.

"그냥… 소주가 무사하기를 간절히 바라는 사람이라고 해두지."

유진룡도 편한 말투로 답했다.

"그건… 나도 마찬가지일세."

정조휘는 피식 웃으며 말에서 뛰어내렸다.

"근무지 이탈에다, 직무유기에, 남의 말까지 무단으로 끌고 가서 잃어버렸으니… 호원무사 자격은 박탈일세."

그 말과 함께 정조휘는 자신의 말고삐를 유진룡에게 넘겨 주었다.

"무슨 목적으로 이러는지 모르겠지만 말이 필요하면 이놈을 타게. 우린 더 이상 말이 없이도 싸움이 가능한 상황이 되었으니……."

정조휘는 아직도 움직이지 않고 있는 비홍문도들을 보며 말했다.

이젠 놈들이 다시 말고삐를 휘둘러 달려온다 해도 거리가 지척이니 위험할 만한 가속이 붙기는 힘들었다. 그런 상태에서는 그냥 육박해서 싸워도 상관이 없다. 대신, 아직도 혈우마령대는 반이 남아 있으니 말은 유진룡에게 더 필요한 것이란 생각을 한 것이다.

"고맙네!"

유진룡은 말고삐를 받아들며 말했다.

"난 그런 말 안 하겠네. 그걸로는 너무 부족하니까 말일세."

빙긋 웃은 정조휘는 검을 뽑아 들었다.

"여기서 좀 쉬고 있게. 난 내 어머니를 해치려 한 놈들은 단 한 놈도 살려둘 수 없으니……."

정학중이 명령을 내리기도 전에 정조휘는 훌쩍 몸을 날

렸다.

"쳐라!"

정학중도 고함과 함께 크게 손을 흔들었다.

짧은 순간, 협상을 하며 싸우지 않고 해결할까도 생각했지만 언젠가는 다시 이런 식으로 쳐들어올 놈들이었다. 이참에 뿌리를 뽑는 것이 나았다. 더구나 먼저 달려간 아들 정조휘가 다른 선택의 여지를 남겨놓지도 않았다.

"와아!"

잠시 대치를 이루었던 두 세력 간의 집단전이 시작되었다.

유진룡은 정조휘의 말고삐를 잡고 산허리 쪽으로 올라섰다.

만일의 사태가 되면 다시 달려 내려갈 생각이었지만 그럴 필요가 없을 것 같았다.

정학중을 비롯한 정조휘, 그리고 흑기단주 동윤과 황기단주 고엄경 등의 고수들이 기선을 제압하며 비홍문의 선두를 흔들어놓자 비홍문은 순식간에 허물어지기 시작했다.

집단전에서는 숫자가 많은 것도 유리하겠지만 절정고수가 많은 것은 더 유리했다.

지금 비홍문의 문도들 중에서는 정조휘나 두 단주들 만한 무위를 가진 고수들은 한 명도 없었다. 모두들 정가장의 삼급 호원무사들 보다 약간은 아래였다.

'거지 노인은 안 온 모양이군.'

정가장 쪽으로도 고개를 돌렸던 유진룡은 백엽동의 모습이 보이지 않는 것을 알았다.

백엽동은 만일의 산태에 대비해 정가장에 남아 있었다.

설사 나서고 싶어도 그가 나서면 개방이 비홍문을 친 것이 되어 나설 수도 없는 입장이었다.

유진룡은 다시 비홍문 쪽으로 고개를 돌렸다.

'대체 놈들은 어디에 있을까?

유진룡은 남은 혈우마령대의 소재에 대해 생각을 해보았다.

그들이 남아 있는 한 위험은 여전했다.

그들은 하나하나 지금 열심히 검을 휘두르고 있는 정가장주 정학중과 비슷한 무위를 갖추고 있었다.

남은 그들이 다시 정가장으로 들이닥친다면 정학중이 한 명이나 두 명 정도를 겨우 막을 수 있을 것이고, 나머지는 모두 제멋대로 정가장을 휘저을 것이다.

'저놈이 알고 있으려나?

정조휘의 말을 나무등치에 굳게 매어둔 유진룡은 안광을 빛냈다.

휘익—

유진룡의 몸이 어느 순간 그 자리에서 사라졌다.

"밀리지 마라! 밀리는 놈은 내가 쳐 죽이겠다!"

비홍문의 필살대 대주 왕가균은 목이 터져라 악을 썼다.

예봉을 꺾기 위해 한발 앞서 달려나갔던 혈우마령대원 열 명이 천만뜻밖으로 모두 쓰러진 모습을 본 후 승부의 향방은 이미 결정된 것이나 마찬가지였다.

부딪치자마자 선두가 무너졌고, 의기소침해진 자신들과 반대로 기세가 오를 대로 오른 정가장의 무사들은 거침없이 휘젓고 다녔다.

"전열을 정비하고 좌측으로 나아간다!"

왕가균은 자신의 부하들을 향해 고함을 질렀다. 그러나 한 번 밀리기 시작한 싸움은 둑이 터지듯 무너져 내렸다.

'모두 저 한 놈 때문이란 말인가?'

고함을 지르면서도 왕가균은 유진룡이 있는 곳으로 시선을 돌렸다.

유진룡까지 가세하면 철수 명령을 내리고 무조건 도망을 쳐야 했다.

그런데!

'없다!'

왕가균은 눈을 부릅떴다.

조금 전까지 말고삐를 잡고 있던 유진룡의 모습이 보이지 않았던 것이다.

"어, 어디로?"

왕가균은 급히 고개를 사방으로 돌렸다.

타다닥!

뒤에서 범상치 않은 격타음이 들렸다.

저런 정도로 빠르게 연속타를 날릴 수 있는 사람은 드물었다.

펙!

부하들 대여섯 명이 한꺼번에 무너지며 그 격타음이 자신의 옆구리에서도 터졌다.

“크윽!”

왕가균은 짧은 비명을 토하며 들고 있던 검을 놓쳤다. 그러면서도 두 눈은 끝까지 부릅떴다.

‘젠장!’

왕가균은 불길한 예감은 언제나 정확하다는 것을 다시 실감했다.

예상대로 자신이 애타게 찾던 유진룡이 자신을 들쳐 업고 있었다.

“막아라!”

“대주님을 구해라!”

유진룡이 왕가균을 한 손으로 들어 올려 허리에 끼고 나가려 하자 비홍문도 몇 명이 고함을 질렀다.

“어딜!”

몸을 날린 황기단주 고엄경이 그들을 향해 세차게 검을 뿌렸다.

“뒤를 부탁하오!”

유진룡은 고엄경을 향해 고개를 끄덕이며 앞으로 나아갔다.

“이렇게까지는 안 해줘도 되는데…….”

유진룡이 혈우마령대에 이어 필살대 대주마저 잡아버리자 고엄경은 오히려 입맛을 다셨다.

“이자에게 볼일이 좀 있소.”

유진룡은 왕가균을 어깨에 올려놓은 상태에서 순식간에 멀어졌다.

“나머지 혈우마령대는 어디에 있소?”

정조휘의 말을 매어놓은 곳까지 돌아온 유진룡은 왕가균에게 질문을 던졌다.

그러면서 유진룡은 드러누운 왕가균의 머리 옆에 있는 주먹만 한 돌을 집어 들었다.

왕가균의 눈이 왕방울만 하게 부릅떠졌다.

저만한 크기의 돌이면 무공을 익히지 않은 사람이 찍어내려도 죽을 만큼 아플 것이다.

그러나 유진룡은 그것을 내리치지 않았다.

우두둑!

유진룡의 손아귀에 잡힌 화강암이 듣기 거북한 소리와 함께 으스러졌다. 그리고는 가루가 되어 흩날렸다.

매캐한 돌가루 냄새가 화약 연기처럼 왕가균의 콧속으로 날아들었다.

"다시 묻겠소. 그들은 어디 있소?"

유진룡은 돌멩이를 으스러뜨린 손으로 왕가균의 오른쪽 팔목을 다정스럽게 어루만졌다.

"으으—"

왕가균이 불식간에 비명을 토하며 팔을 뽑아냈다.

뜻밖에도 팔은 쉽게 빠져나왔다.

대신 유진룡의 손이 왕가균의 목을 잡았다.

가는 목은 아니었지만 왕가균의 목은 유진룡의 손아귀에 완전히 들어가 있었다.

"아침나절에… 비홍문으로 돌아온다고 들었소."

퍼억!

짧은 격타음과 함께 왕가균은 의식을 놓아버렸다.

휘익—

정조휘의 말에 올라탄 유진룡은 세차게 말고삐를 휘둘렀다.

히히히힝—

긴 울음을 터뜨린 정조휘의 말이 산허리를 타고 돌며 달려갔다.

"저 자식… 말도 못 타잖아?"

이젠 느긋하게 여유를 가지고 싸우던 정조휘가 저만치 말을 달려가는 유진룡을 보며 와락 눈살을 찌푸렸다.

밤새 말을 달려왔다기에 잘 타는 줄 알았는데 완전히 초짜였다.

"미친……! 저런 실력으로 뭘 잡겠다고……. 그전에 흑풍(黑風)이 먼저 죽어 나자빠지겠다."

유진룡 때문에 자신의 애마 흑풍까지 뒤뚱거리는 모습을 본 정조휘는 고개를 두리번거리다 주인은 잃은 말 한 마리를 향해 몸을 날렸다.

히히히힝―

훌쩍 안장 위로 올라앉는 정조휘로 인해 말은 놀라서 앞발을 쳐들었다.

"워워!"

말을 안정시킨 정조휘는 유진룡이 달려가는 방향으로 말을 몰았다.

"어딜 가느냐?"

정학중이 고함을 질렀다.

"이곳은 아버님께서 마무리하십시오! 전 저 친구를 돕겠습니다."

정조휘는 빠르게 멀어졌다.

第三十六章

전멸(全滅)

萬里雄風

"지금 그걸 말이라고 하시오!"

혈우마령대 대주 적수운(赤愛韻)은 흐르는 땀을 닦기도 전에 들려온 기막힌 소식에 비홍문주를 쳐다보며 고함을 질렀다.

그의 얼굴에는 밤새 말을 달려온 피곤함이 진하게 묻어났다.

이곳에 온 후에는 자신들의 정체를 드러나게 하지 않기 위해 자신들의 몽고마는 밤에만 타고 다녔다. 부득이 낮에도 말을 달려야 할 경우에는 복장도 바꾸고 다른 말을 탔다. 그래서 피곤함을 훨씬 더 느꼈다.

그런 상태에서 부하들 다섯이 당한 것 같다는, 그래서 역습을 당하고 다른 부하들이 모두 달려나갔다는 말은 짜증부터 나게 했다.

"누가 내 허락도 없이 말과 복장도 바꾸지 않고……."

적수운은 고함을 지르려다가 말꼬리를 잘랐다.

부하들은 비홍문주의 말을 따르지 않는다. 그들 스스로 그렇게 했다면 비홍문주도 어찌할 수 없었을 것이다.

"동료들 다섯이 당했다면 더 이상 정체를 숨길 필요가 없다고 하면서 자신들의 복장과 함께 자신들의 말을 몰고 나갔소!"

비홍문주 여화생(呂和生)은 약간은 불만스럽게 말했다.

여화생 역시 혈우마령대 대주 적수운처럼 우려했지만 그들은 말을 듣지 않았다. 그것이 불만스러웠다.

"나간 시간은?"

"약 한 시진 전쯤!"

"망할 놈들!"

적수운은 역정을 토했다.

부하들이 당했다는 소식은 자신으로서도 천만뜻밖이다.

그간의 수많은 거친 싸움에서도 살아남은 부하들이다.

크고 작은 상처는 입었을망정 한 명도 죽지는 않았다.

세상에 나오기 전에 그만큼 혹독한 수련은 쌓았기에 그것이 가능했다. 그래서 자신들의 정체 역시 아직까지 밝혀지지 않은 것이다.

"대주님!"

부대주 강운찬(姜云漆)이 상념에 빠진 적수운을 불렀다.

적수운이 고개를 돌렸다.

"예감이 좋지 않습니다!"

강운찬 역시 당장 달려가고 싶은 눈빛이었다.

다섯이 당했지만 스물다섯이 남아 있었다.

그런데도 놈들이 역습을 감행한다는 말인가?

놈들이 부하들 다섯의 정체를 몰랐다면 모르겠지만 알고도 역습을 감행했다면 뭔가 믿는 구석이 있다는 말이다.

'정가장에 그만한 고수가 있었나?'

적수운은 고개를 저었다.

장주 정학중이 겨우 부하 한 명과 동수를 이룰 정도이고 그 외에는 모두 하수였다.

'뭔가 있다!'

부대주 강운찬의 말대로 적수운도 불길한 예감에 사로잡혔다.

"우리의 말과 무기를 가져와라."

적수운은 부하들을 향해 지시를 내렸다.

이젠 더 이상 정체를 숨기는 것은 무의미했다.

부하들 다섯이 죽었다면 그들에게서, 또한 그들을 뒤쫓아 나간 열 명으로도 정체가 탄로날 것이다.

“복명!”

혈우마령대 대원들이 절도 있는 동작으로 비홍문의 마사를 향해 달려갔다.

잠시 후, 혈통 좋은 몽고마와 그들이 신강 땅에서 활동하며 착용했던 복장들이 말안장에 실려왔다.

그것만으로도 투지가 끓어올랐다.

“전원 전투복으로 착용!”

적수운의 명령과 함께 열다섯 명의 대원들이 신속히 혈우마령대 고유의 복장을 갖추어갔다.

그들이 복장을 갖추는 모습을 보며 비홍문주 여화생은 입을 벌렸다.

눈 몇 번 깜박일 동안 그들은 그들 특유의 전투 복장으로 갖추었고, 순식간에 말안장 위로 올라탔다.

그것은 마치 톱니바퀴가 맞물려 돌아가듯 신속하고 정교했다.

저런 신속함이었기에 역습의 소식을 듣고 비홍문도들은 채 차비할 생각도 하기 전에 혈우마령대 열 명은 예봉을 꺾기 위해 정문을 박차고 달려나간 것이다.

오랜 시간 자연스럽게 몸에 익은 그들의 그런 행동에서 여화생은 그들이 얼마나 많은 전투를 치렀는지 짐작이 갔다. 그리고 그 어떤 집단도 그들을 쉽게 이길 수 없을 것이라는 생각이 들었다.

‘그런데 다섯이 안 돌아왔다……?

여화생 역시 그 점이 궁금했다. 아니, 적지 않게 불안했다.

이들이 무너지면 역습을 받고 자신들도 무너질 것이다.

“부하들을 붙여 드리… 큭!”

여화생은 말을 끝맺지도 못하고 비명을 토했다.

적수운의 장검 끝이 어느새 목젖에 닿아 시퍼런 예기를 뿜어내고 있었다.

“한번 더 그런 모욕적인 언사를 일삼으면 목을 쳐 버리겠다!”

“으으!”

여화생은 주춤거리며 뒤로 물러났다.

달려가기 위해 말고삐를 잡고 있던 손이 움직이는 것도 보지 못했는데 장검 끝이 목숨을 위협하고 있었다. 그리고 그 장검은 여의봉이나 된 듯 늘어나며 물러나는 자신의 목젖에 계속 닿아 있었다.

“아, 알겠소!”

철컥!

이번에도 의식하지 못한 사이 장검은 검갑 속으로 들어갔고 그 소리만 들렸다.

여화생은 이들이 절대로 자신의 상대가 아님을 뼈저리게 실감하며 목젖을 어루만졌다.

목젖이 불에 덴 듯 화끈거렸다.

조금만 더 그렇게 있었으면 검첨에서 뻗어 나온 기운이 식도를 손상시켜 며칠 동안 물 마시는 것도 힘들 뻔했다.

"이랴!"

잠시 후, 적수운이 말고삐를 세차게 흔들었다.

덩치는 작지만 순식간에 최고의 속력을 낼 수 있는 몽고마가 바람처럼 달렸다.

뒤를 따라 나머지 혈우마령대 대원들도 빠르게 정문을 빠져나갔다.

*   *   *

두두두!

등 뒤에서 정조휘가 말을 향해 달려오는 것을 보고 유진룡은 눈살을 찌푸렸다.

자기 딴에는 도와주러 오는 것이겠지만 오히려 방해만 될 확률이 높았다.

"너무 그런 눈으로 보지 말게. 나도 내 목숨 하나는 지킬 정도는 된다네."

순식간에 따라붙은 정조휘가 느물거렸다.

"누굴 상대하러 가는지 알기나 하나?"

유진룡이 퉁명스럽게 물었다.

"남은 혈우마령대."

“그러면서도 따라오는 것인가?”

답답한 마음에 유진룡의 목소리가 높아졌다.

“자네 약점은 어설픈 기마술일세. 내가 그걸 보완해 주지. 난 기마술에는 자신이 있다네.”

호기있는 말과 함께 정조휘는 오히려 유진룡보다 앞서 달렸다.

“잠깐!”

유진룡이 고함을 질렀다.

앞쪽에서 빠르게 말을 달려오는 소리가 희미하게 들려왔다. 누군지 몰라도 곧 마주칠 것 같았다.

“혈우마령대인가?”

말을 멈춘 정조휘가 긴장된 표정을 지었다.

아직 그들의 무위는 한번도 견식해 보지 못했지만 그들의 소문은 익히 들어 알고 있었다.

유진룡을 도와준다고 왔지만 긴장이 되는 건 어쩔 수 없었다.

“일이 재미있게 되어가는군.”

잠시 긴장된 표정을 짓던 정조휘가 고개를 반대로 돌리며 의미심장한 미소를 지었다.

유진룡도 정조휘가 쳐다보는 곳으로 고개를 돌렸다.

정가장의 호원무사들에게 패한 비홍문의 사내들이 혼비백산 말을 타고 달려오고 있었다.

처음부터 머리를 잃은 그들은 정가장의 상대가 아니었다.

"여기서 좀 기다리세. 그리고 말부터 바꾸도록 하세."

정조휘는 얼른 다가와 유진룡의 말고삐를 다짜고짜 끌어당겨 잡았다.

"무슨 짓인가?"

"자네에겐 그 말이 안 어울려. 어서 말을 바꿔 타세!"

정조휘는 반 강제적으로 말을 바꾸었다.

얼떨결에 말을 바꿔 탄 유진룡은 앞뒤로 고개를 돌렸다.

앞에는 혈우마령대로 짐작되는 말발굽 소리가 바람처럼 가까워지고 있었고, 뒤에는 수십 명의 비홍문도들이 정가장의 호원무사들에게 쫓겨 후퇴하고 있었다. 후퇴하는 놈들은 곧 마주칠 것 같았다.

"저놈들은 우릴 어쩌지 못하겠지?"

정조휘가 가까워지는 비홍문도들을 보며 빙긋 웃었다.

'이놈은……?'

유진룡은 눈살을 찌푸리며 정조휘가 하는 양을 보고 있었다.

두두두!

정조휘의 예상대로 도주해 오는 비홍문도들은 숫자는 많았지만 유진룡과 정조휘를 공격할 겨를이 없었다.

그들은 두 사람이 자신들을 공격하지 않는다는 것만도 감지덕지하며 헐레벌떡 도주했다.

저 뒤로 정가장의 호원무사들이 뒤쳐진 비홍문도들을 공격하며 달려오고 있었다.

"묻혀가세!"

앞서 도주해 오던 비홍문도들이 옆으로 달려가자 말머리를 돌린 정조휘는 고함을 지르며 빠르게 말고삐를 흔들었다.

"어서!"

정조휘의 고함과 함께 유진룡과 정조휘가 탄 말이 빠르게 달렸다.

'묻혀가자고?'

유진룡은 필사적으로 달려가며 정조휘가 했던 말을 속으로 되뇌었다.

그러고 보니 허겁지겁 달려가는 비홍문 놈들 속에서 묻혀가는 형상이 되었다. 물론, 비홍문도들은 유진룡과 정조휘 곁에서 저만치 떨어져 말을 달려 도주하고 있었지만 마주 달려오는 혈우마령대 놈들은 그걸 구별하지 못할 것이었다.

'보기보다 여우 같은 데가 있는 놈이군!'

유진룡은 쓴웃음을 지었다.

어쨌든 이런 식으로 마주치면 방심한 틈을 이용해 기습이 가능했다.

"젠장!"

쓴웃음을 삼키던 유진룡은 역정을 토했다.

정조휘와 유진룡이 옆에서 달리자 혼비백산 도주하던 비

홍문도들이 혹시 두 사람도 자신들을 죽이려 하지 않을까 공
포에 질려 더 빨리 달리기 시작했다.

그건 유진룡에겐 고역이었다.

비홍문도들도 기마술에 있어서는 유진룡보다 나았다.

"하앗!"

정조휘가 고삐를 세차게 흔들며 앞으로 나섰다.

좀 전에 호언장담했던 대로 정조휘의 기마술은 무공 실력
보다도 몇 단계 더 높은 것 같았다. 기마술로만 따진다면 혈
우마령대에도 뒤지지 않을 것 같았다. 그건 정조휘의 말 역시
마찬가지였다.

금방 도주하는 비홍문도들 앞으로 나선 정조휘는 사선으
로 이리저리 말을 몰며 비홍문도들의 진로를 방해했다.

자연 비홍문도들의 속도가 느려지며 유진룡은 다시 비홍
문도들 속에 묻혀서 말을 달릴 수 있게 되었다.

"이탈하는 놈들은 내 손에 죽는다!"

정조휘는 비홍문도들의 속도를 늦춘 것도 모자라 이쪽저
쪽 옆으로 벌어지려는 놈들을 양몰이 하듯 한데 모았다.

그러면서도 그는 여유있게 달렸다.

'기마술 하나는 정말 일품이야.'

유진룡은 재삼 인정하며 정조휘와는 반대쪽 제일 외측에
서 몰이하듯 말을 몰았다.

두두두!

저 앞에서 혈우마령대가 예상대로 바람처럼 달려오고 있었다.

숨 몇 번만 더 쉬면 마주칠 것 같았다.

그들이 마주 달려오자 비홍문도들이 옆으로 벌어지려 했다.

"죽는다!"

정조휘가 오른쪽에서 검을 흔들며 고함을 질렀다.

"그대로 달려가지 않는 놈은 머리통을 깨부숴 놓겠다."

유진룡도 왼쪽 끝에서 고함을 질렀다.

흩어지려던 비홍문도들이 혼비백산 그대로 달려가기 시작했다.

두두두!

순식간에 혈우마령대와 가까워졌다.

"버러지 같은 놈들!"

도주해 오는 비홍문도들을 보며 혈우마령대 대주 적수운이 잇새로 내뱉었다.

싸움에 패해 도주하는 것도 수치스러운데 질서 정연하게 길까지 막고 달려오고 있었다.

"쓸모없는 놈들이다. 모조리 베고 지나간다!"

부대주 강운찬도 고함을 지르며 박차를 가했다.

'조금 더!'

유진룡은 거리를 가늠하며 등자쇠에서 발을 빼냈다.

정조휘가 조금 앞으로 나서며 유진룡을 쳐다보았다.

유진룡은 신속히 손을 들어 뒤로 빠지라는 신호를 보냈다.

고개를 끄덕인 정조휘가 급히 속도를 늦추었다.

"하앗!"

말안장을 잡고 말 왼쪽으로 뛰어내린 유진룡은 큰 기합성과 함께 양발을 모아 땅을 강하게 박차며 타고 오던 말의 몸통을 어깨로 바위를 던지듯 밀쳤다.

히히히힝—

이제껏 유진룡을 태우고 왔던 말이 거대한 폭풍우에 휩쓸린 듯 옆으로 팅겨갔다.

달려가던 속도와 측면에서 가해진 유진룡의 힘이 고스란히 담긴 말의 몸체는 사정없이 다른 말의 몸을 가격하며 같이 나자빠지게 만든 후 혈우마령대의 말을 향해 나뒹굴어졌다.

"엇!"

"피해!"

모조리 베고 지나가기 위해 바람처럼 달려들던 혈우마령대는 마주 오던 비홍문 놈들의 대열이 갑자기 무너지며 바퀴 빠진 마차가 비탈길로 추락하듯 뒹굴고 팅겨 오르며 쏟아지는 모습에 대경실색하여 고함을 질렀다.

그러나 서로 마주치는 속도가 너무 빨랐다.

우찌끈!

콰콰콰!

비홍문도들과 말들은 산사태처럼 혈우마령대를 휩쓸었고 혈우마령대 대원들은 말을 포기하고 분분히 허공으로 날아올랐다.

"크윽!"

제일 뒤쪽에서 상황 파악이 늦은 혈우마령대 한 명은 튕기며 뒹굴어온 말발굽에 채여 같이 나뒹굴었다.

파아앗—

유진룡의 신형이 전광석화처럼 혼란 속으로 뛰어들었다.

파팟!

아직 허공에 내려서지도 못한 혈우마령대원 두 명의 복부로 유진룡의 주먹과 발이 스쳤다.

쿵!

쿵!

땅에 발이 닿자마자 그들은 통나무처럼 쓰러지며 피를 토했다.

파앗—

아직도 굴러가는 말 한 마리의 등을 박찬 유진룡의 신형이 수평으로 엎드리며 날아가는 비발(飛鉢)처럼 회전했다.

퍼퍼퍽!

또 다른 세 명의 혈우마령대 대원들은 바닥에 내려섬과 동시에 튕기듯 뒤로 넘어갔다.

유진룡의 신형은 계속해서 아직도 멈추어지지 않은 혼란
속을 휘돌았다.

열두 개의 돌기둥 사이를 비호처럼 휘돌아가듯 쏘아지는
유진룡의 신형은 순간적으로 그림자마저 떨쳐 버린 것 같았
다.

땡강!

겨우 검을 뽑으려던 사내 하나가 검을 부러뜨리며 날아든
유진룡의 주먹에 가격당하고 입을 딱 벌렸다.

휘익!

유진룡의 무릎이 폭발하듯 솟구쳤다.

퍼억—

무릎은 겨우 피했지만 무릎 아래로부터 튕겨 오른발이 또
한 사내의 복부를 스쳤다.

땡강—

사내의 검이 바닥에 떨어졌다.

쿵!

그다음으로 사내의 몸이 떨어진 검 위로 뒹굴었다.

하앗—

한 사내가 벼락 치듯 검을 휘둘렀다.

'역시 혈우마령대!'

유진룡은 속으로 감탄사를 터뜨렸다.

보통의 무인들 같았으면 아직 제정신을 차리기도 힘들 텐

데 이들은 순식간에 반격을 펼쳤다.

쉬이익—

사내 하나가 휘두른 검이 파공음을 울리며 숙인 머리 위로 지나갔다.

유진룡은 바람처럼 검의 궤적을 쫓았다.

쌔애액—

또 한 자루의 검이 등 뒤에서 날아들었다.

가까워지기도 전에 서리 같은 기운이 모공과 솜털을 자극했다.

고개도 돌리지 않은 채 유진룡은 왼쪽 팔꿈치를 뒤쪽으로 찔러 넣었다.

땡강—

검이 동강나며 튕겨 올랐다.

휘익—

유진룡의 선풍각은 검이 부러진 사내의 가슴을 스치고 지나갔다. 그러면서도 오른쪽 손바닥은 먼저 검을 휘두른 사내의 명치에 밀치듯 붙었다 떨어졌다.

주르르!

두 사내의 코에서 선혈이 먼저 터져 나왔다.

“크윽!”

“큭!”

뒤이어 입에서 비명이 터졌다.

파아앗—

두 사내가 쓰러지기도 전에 다시 한 자루의 검이 유진룡의 정수리를 향해 벼락 치듯 떨어져 내렸다.

이번에도 검에서 뻗어 나온 시퍼런 기운이 먼저 쏟아져 왔다.

파앗—

유진룡은 왼쪽 손바닥을 활짝 펼쳤다.

따앙—

손바닥에 부딪친 검이 바위를 내려친 듯 튕겨 올랐다.

팟—

이번에는 오른쪽 주먹이 사내의 복부를 쳤다.

주먹은 찔러들 때보다 더 빠르게 뒤로 튕겨 나오며 우측 허리에 쑤셔드는 검신을 두드렸다.

어김없이 검이 동강나며 그 사이로 유진룡의 팔꿈치가 스며들었다.

"크윽!"

"큭!"

복부를 가격당한 사내와 유진룡의 허리에 검을 쑤셔 넣던 사내가 먼저 비명을 질렀다.

그러나 유진룡의 신형은 또 다른 목표를 향해 휘돌아 나가며 또 다른 가격점으로 주먹을 찔러 넣고 있었다.

콰앙—

갑자기 지금과는 전혀 다른 폭음이 터지며 전혀 이질적인 기운이 밀려왔다.

유진룡은 비호처럼 도약하며 혼란이 멈춘 바닥에 내려섰다.

쿵! 쿵!

두 사내의 몸이 뒤늦게 바닥으로 무너졌다.

푸륵—

히히힝!

나뒹굴며 산사태처럼 쏟아졌던 말들이 여기저기 버둥거리며 비명을 질렀다.

그 광경은 그야말로 한 폭의 지옥도였다.

'저게 인간인가? 아니면 인간의 탈을 뒤집어쓴 호랑인가?'

저만치 떨어진 곳에서 정조휘가 입을 다물지 못하고 유진룡을 쳐다보고 있었다.

말 한 마리를 집어 던지듯이 밀쳐서 혼란을 만들고 그 혼란이 멈추기도 전에 대부분의 혈우마령대원들을 쓰러뜨린 유진룡의 모습은 한 마리 대호를 연상케 했다.

'하나, 둘, 셋……'

숫자를 헤아리던 정조휘는 고개를 흔들었다.

남은 자들만 헤아리면 되었다.

셀 것도 없었다.

이제 멀쩡히 서 있는 혈우마령대원들은 네 명뿐이었다.

처음 말발굽에 후두부를 강타당하고 쓰러진 놈을 비롯해 열한 명이 바닥을 나뒹굴었고 네 명만이 우두커니 서 있었다.

'그런데 저놈은?

정조휘의 눈이 방금 폭음을 터뜨려 유진룡의 움직임을 멈춘 혈우마령대 대주 적수운에게로 향했다.

유진룡도 적수운을 쳐다보았다.

그의 검이 시퍼런 기운을 뿜어내며 떨리고 있었다.

'뭔가 이건?

유진룡은 적수운과 그의 검을 번갈아 쳐다보았다.

검은 근처를 스치지도 않았는데 폭음과 함께 땅에 구덩이 하나를 만들어놓았다.

'절정의 검기라는 것인가?

유진룡의 눈빛이 차가워졌다.

조금 전에 쓰러뜨린 사내들의 검에서도 푸르스름한 기운이 뻗어 나왔다. 그건 자신의 주먹이나 손바닥 등에서 뻗어 나와 돌기둥에 구멍을 낸 것과 같은 기운이었다.

그런 것이 사람의 인체가 아닌 쇠를 통해 스며 나오니 푸르스름한 빛을 뿜었다.

그건 실체보다 더 위험하고 치명적이었다.

그것이 인체에 닿으면 외부는 크게 손상시키지 않는다 하더라도 내부를 파괴시킨다.

그 힘이 제법 먼 공간을 격하고 저런 구덩이를 만들었다.

그만큼 고수라는 말이었다.

유진룡은 계속 적수운의 얼굴을 주시했다.

사십대 후반에서 오십대 초반 정도의 중년인이었다.

장신은 아니었지만 단단한 몸과 넓은 어깨가 만고풍상을 겪은 바위 같은 느낌을 주었다.

분노한 그의 볼이 연신 떨리고 있었다.

"찢어 죽여도 시원찮을!"

수염을 부르르 떤 적수운이 씹어뱉듯이 중얼거렸다.

너무 분노한 탓인지 그의 목소리는 혼잣소리처럼 입속에서 맴돌았다.

"뿌드득!"

부대주 강운찬도 부러져라 이를 갈았다.

순식간에 일어난 산사태 같은 상황이었고, 그 상황 속에서 어찌해 볼 시간도 없이 대원들을 거의 다 잃었다.

저놈이었다.

저놈에게 어제저녁 정가장 안주인을 습격한 다섯 부하들이 당했고 새벽에 달려나간 열 명도 같은 처지임이 분명했다.

"단 한 놈이란 말인가?"

옆에서 있던 멸절단혼검(滅絶斷魂劍) 곽양목(郭攘沐)도 허탈한 목소리로 중얼거렸다.

그 옆에 있는 폭뢰검(爆雷劍) 사무룡(使巫龍)은 아무런 말도 못하고 서 있었다.

두두두—

그들 옆으로 마지막 남은 비홍문의 문도들이 혼비백산 도주했다. 그 뒤를 정가장 호원무사들이 쫓아갔다.

그러나 네 명의 혈우마령대들이나 유진룡은 그들에게 일말의 눈길도 주지 않고 서로만 주시한 채 서 있었다.

"워! 워!"

정가장주와 황기단주 고엄경은 부하들과 함께 정조휘 옆에서 말을 멈추었다.

그리고는 더 이상 접근하지 않고 바라만 보았다.

이건 자신들이 끼어들 싸움도 아니었고, 끼어들 수도 없었다.

그냥 서로를 노려보며 우두커니 서 있는 것 같았지만 그 사이에는 엄중한 기운이 팽팽하게 대치된 채 흐르고 있었다. 그 속에서 자신들은 견디는 것도 힘들 것이다. 그 균형이 깨어질 때나 접근이 가능할 것이다.

"모든 것이 네놈 짓이냐?"

적수운이 여전히 떨리는 볼살을 진정시키지 못한 채 물었다.

유진룡은 고개만 두어 번 끄덕거렸다.

"이유는?"

적수운이 다시 물었다.

"당신들이 정가장을 무너뜨리려는 것과 비슷한 이유라고

할 수 있겠지요. 서로의 입장이 다를 뿐."

유진룡은 더 이상 할 말이 없다는 듯 굳게 입을 다물었다.

"그렇군!"

적수운이 고개를 끄덕였다.

자신 역시 정가장을 무너뜨리려는 별다른 이유 같은 건 없다. 자신이 속한 곳을 위해 그냥 시키는 대로 할 뿐이다.

"물러서라!"

적수운은 부대주 강운찬과 다른 두 부하에게 단호하게 명령했다.

강운찬이 일말의 주저함도 없이 옆으로 비켜섰다. 그건 다른 두 부하 곽양목과 사무룡도 마찬가지였다.

철저한 상명하복의 명령 체계 속에서 움직이는 그들은 그것이 어떠한 부당한 명령이라도 즉시 실행에 옮겼다. 그리고 그 부당함은 차후에 평가되어 처벌이 따를 뿐이었다.

자신들 생각으로는 네 명이 한꺼번에 짓쳐드는 것이 나을 것 같았지만 그건 차후에 가능할 것 같았다.

우우웅—

적수운의 장검에서 진동음이 흘러나왔다.

무거우면서도 심혼을 얼릴 듯한 진동음이었다.

유진룡은 아랫배에 있는 내력을 불끈 끌어올렸다.

우르르릉!

아랫배에서 커다란 바위가 굴러가는 듯한 느낌이 들었다.

처음 바위를 들어 올리는 수련을 끝내고 사부가 준 뱀의 내단을 녹인 술을 마셨을 때 죽을 듯한 고통을 느꼈다. 그러나 악착같이 그 고통을 이겨냈고, 그 순간 아랫배에서 굴러가던 그 기운이었다.

그 바위 같은 기운이 순식간에 용암같이 뜨거운 기운으로, 대하의 물줄기같이 거침없는 기운으로 사지백해를 뛰놀았다.

펄럭!

온몸으로 노도같이 흘러나오는 기운으로 인해 유진룡의 옷자락이 폭풍에 휩싸인 듯 펄럭거리고 부풀어 올랐다.

第三十七章

음습(陰濕)한 기운

'우웃!'

장검에 잔뜩 공력을 모아 집채만 한 바위라도 잘라갈 듯 검을 휘두르던 적수운은 거대한 산 하나가 통째로 밀려오는 듯한 압력에 신음을 삼켰다.

직접 마주치고 보니 왜 모든 부하들이 당했는지 실감이 났다.

초식보다는 내력이 더 무서웠다. 조금 전까지 보았던 대호의 움직임 같은 초식은 한 부분일 뿐이었다.

'내 목숨을 걸고 처치해야 할 놈!'

적수운의 눈에 짙은 살기가 어렸다.

“하앗!”

적수운은 땅을 박차며 허공으로 솟구쳤다.

파앗—

유진룡의 신형도 백호의 도약처럼 허공으로 솟아올랐다.

콰앙—

아까와 같은 폭음이 터지며 적수운의 검에서 시퍼런 기운이 아지랑이처럼 흘러나왔다.

우우웅—

유진룡의 주먹에서도 투명한 기운이 뻗어 나오며 공간을 일그러뜨렸다.

콰앙—

퍼퍼펑—

두 사람의 신형이 허공 중에서 열 번도 넘게 부딪쳤다.

검과 주먹이, 검과 유진룡의 발이, 보이지도 않을 정도로 빠르게 부딪치며 무수한 폭음만 토해냈다.

어느 순간!

유진룡의 손바닥이 빠르게 앞으로 쳐 나갔다.

백호십이수의 제일곱 번째 형인 백호산운(白虎散雲)이었다.

퍼퍼퍽!

한 번의 내미는 자세에서 세 번의 파육음이 터졌다.

“크윽!”

적수운이 비명을 토하며 주르르 뒤로 밀려났다. 신형이 멈춰 서기도 전에 그의 입에서는 선혈이 터져 나왔다.

"후욱!"

한숨을 토해내는 유진룡의 혈색도 처음에 비해 많이 창백해졌다.

쿵!

뒤이어 적수운이 눈을 그대로 뜬 채 뒤로 넘어갔다.

"하앗―"

지켜보고 있던 혈우마령대 부대주 강운찬이 일갈과 함께 달려들었다. 그를 따라 사무룡과 곽양목도 허공으로 날아올랐다.

"저런 비겁한!"

정학중이 고함과 함께 말고삐를 흔들었다.

정조휘의 말이 한발 앞서 달려나가고 있었다.

파앗―

유진룡의 신형이 흐릿해지며 왼쪽에서 달려드는 곽양목을 향해 마주쳐 갔다.

"하앗!"

곽양목이 기합성과 함께 검을 그어 내렸다.

그러나 유진룡은 어느새 사무룡의 측면으로 휘돌아가며 주먹을 내밀고 있었다.

까앙―

주먹과 검이 마주친 곳에서 쇳소리가 흘렀다.

팟—

미약한 파육음이 터졌다.

뒤에서 달려들던 강운찬의 허리 어림에 유진룡의 발뒤축이 걸린 것이다.

강운찬은 주춤 뒤로 밀리며 눈을 끔벅였다. 유진룡의 주먹과 발, 무릎 등에 스치기만 해도 부하들이 쓰러졌다.

그런데 자신은 멀쩡했다.

단지 검을 든 손에 힘만 약간 빠진 것 같았다.

강운찬은 다시 달려들 자세를 잡았다.

그런데 이상하게도 검을 들어 올릴 수가 없었다.

자신의 팔을 내려다보며 강운찬은 눈을 부릅떴다.

퍼퍽—

강운찬의 검이 바닥에 떨어지기 전에 옆에서는 두 개의 파육음이 연달아 터졌다.

땡강!

동료들이 쓰러지는 파육음을 들으며 강운찬은 결국 검을 떨어뜨렸다.

자신 역시 멀쩡한 것이 아니었다.

전신의 혈맥을 끊어버린 기운은 고통마저 느끼지 못하게 했던 것이다.

쿵!

강운찬의 신형이 바닥으로 무너졌다.

쿵! 쿵!

뒤이어 사무룡과 곽양목도 통나무처럼 쓰러졌다.

유진룡은 우두커니 서서 쓰러진 사람들을 쳐다보고만 있었다.

이곳이 지옥문의 입구였고, 이로써 사지로 완전히 발을 들여놓았다는 생각이 들었다.

"괜찮나, 자네……?"

급히 다가온 정조휘가 조심스럽게 물었다.

유진룡은 질끈 입술을 깨문 후 등을 돌렸다.

피도 눈물도 없는 비정한 강호의 세계로 들어섰고, 이젠 자신의 몸에서도 혈우마령대의 검에서 뿜어져 나오는 것 같은 피 냄새가 쉼없이 풍기게 될 것이다. 그리고 철저히 그것에 무심해져야 사부와의 거래를 이행할 수 있을 것이다.

"자네 같으면 어떻겠나?"

유진룡은 짤막하게 되물었다.

예상외의 반응에 정조휘는 잠시 말을 멈추고 유진룡을 쳐다만 보았다. 그 얼굴에는 이미 강호의 냄새가 풍기고 있었다.

"나 같으면 이렇게 무식하게는 안 싸우지. 적당히 쉬어가면서 싸워야지."

정조휘는 고개를 절레절레 흔들었다.

“술 한잔할 텐가?”

유진룡이 불쑥 말했다.

문득 술 생각이 간절했다. 술독째 들이붓고 싶었다.

“그거 듣던 중 반가운 소리네. 내 첫 번째 특기는 기마술이고, 두 번째 특기가 바로 술이지. 비홍문이야 이제 알아서 멸망할 테니 우린 술독에나 빠져 보자고. 어서 돌아가세. 그래서 술독에 빠짐세.”

정조휘가 말고삐를 잡으며 소리쳤다.

유진룡은 천천히 고개를 저었다.

더 이상 정가장에 머무를 이유가 없었다. 또한 그럴 시간도 없었다. 술만 마시고 나면 곧장 항주로 가서 영화전장 지부에 들러 철사홍과 주애청의 소식을 알아보고 만박노조의 집으로도 가보아야 했다.

“가까운 주루로 가세.”

“그것도 좋지.”

정조휘가 손짓을 하자 호원무사 하나가 말을 끌고 왔다.

“가세, 내 좋은 곳으로 안내하지.”

정조휘는 천천히 말을 달렸고 유진룡도 고삐를 흔들며 정조휘 뒤를 따랐다.

“고 단주!”

두 사람의 모습이 저만치 멀어져 갈 즈음 정학중이 고엄경을 불렀다.

“비홍문은 내게 맡기고 일급무사 몇 명을 추려 따라가 보게.”

“알겠습니다, 하지만 조심하십시오. 여긴 적지니까요.”

고엄경이 고개를 끄덕이며 답했다.

“가만 놔두어도 오늘부로 이곳에서 비홍문의 이름은 사라질 걸세.”

정학중이 말을 받으며 마주 고개를 끄덕였다.

“그럼!”

잠시 후 고엄경이 몇 명의 수하들과 함께 천천히 정조휘와 유진룡이 달려간 곳으로 향했다.

주루에서 정조휘와 마주 앉은 유진룡은 연거푸 세 병의 술을 비웠다.

잔도 없이 술병째 들이마시는 모습에 몇몇 손님들이 신기한 듯 시선을 돌렸다가 유진룡의 체격을 보고는 피식 웃으며 자기 할 일들을 했다.

벌컥!

유진룡은 다시 한 병의 술을 더 들이켰다.

그러나 몸에 밴 피 냄새는 지워지지 않는 것 같았다.

“내 주머니 사정도 좀 생각해 주게.”

이제 겨우 한 병을 비운 정조휘가 슬쩍 술병을 옆으로 치우며 말했다.

"돈은 나도 있네."

유진룡이 다시 한 병의 술병을 잡았다.

"안주도 좀 들며 마시게."

정조휘가 유진룡의 손에 든 술병을 뺏고 대신 젓가락을 집어주었다.

그제야 유진룡은 긴 숨을 토하며 의자에 등을 기댔다.

급하게 마신 술기운이 조금 오르는 것도 같았다.

하지만 정신은 더욱 말짱해졌다.

"나도 처음 싸울 땐 그랬지. 사람을 죽였을 땐 사흘 동안 잠도 못 잤지."

정조휘가 약간 가라앉은 목소리로 말했다.

유진룡은 듣기만 했다.

"하지만 시간이 가니 무뎌지더군. 그게 다행인지 불행인지는 모르겠지만……."

벌컥!

정조휘도 마침내 병째 술을 들이켰다.

"그런데 자네 정체가 뭔가?"

금세 한 병 술을 목구멍에 털어 넣은 정조휘가 눈을 게슴츠레 뜨며 물었다. 제대로 마시기 시작하니 술 실력이 기마술에 못지않았다.

"나도 잘 모르겠으니 그런 건 묻지 말게."

유진룡이 고개를 흔들었다.

"알겠네. 하지만 그것도 얼마 지나지 않으면 명확해진다네. 스스로는 모르더라도 자네 같은 사람이라면 남들이 먼저 나서서 자네 정체를 만들어줄 테니까."

정조휘가 의미심장한 말을 던지고 다시 술병을 입에 대고 나발을 불었다.

"나도 한 가지 질문이 있네."

이젠 천천히 술을 마시며 유진룡이 말했다.

"뭔가?"

정조휘가 바짝 다가앉았다.

"눈에서 혈광이 일며, 그 혈광 속에서 마치 지옥의 아비규환을 보는 듯한 기운은 어떤 것인가?"

"으응?"

전혀 예상 밖의 질문에 정조휘는 두 눈을 크게 뜨며 도로 뒤로 물러났다.

"그 눈빛에 마주치니… 뭐랄까… 기분이 너무 더럽다고 할까……. 온 세상의 비명 소리가 한꺼번에 들려오는 것 같았어."

"잠시, 잠시 기다려!"

정조휘는 술이 확 깨는 듯한 표정으로 유진룡의 얼굴을 뚫어져라 쳐다보았다.

"아까 그놈들?"

뭔가 짐작이 간 듯 정조휘가 입을 뗐다.

“대주라는 자… 나머지 열네 명을 합친 것보다 더 강했어. 그리고 마지막 순간 그자의 눈에서 그런 빛이 쏟아졌어.”

유진룡의 눈이 가늘어졌다.

“마기(魔氣)?”

정조휘의 눈은 더 가늘어지며 불식간에 중얼거렸다. 그리고는 누가 듣지 않았나 하며 황급히 고개를 돌려 주변을 살폈다. 다행히 시간이 이른지라 주루에는 술손님이 얼마 없었다.

“마기……?”

유진룡도 나직하게 읊조렸다.

“아니, 그럴 리 없어! 아니, 그보다… 방으로 들어가서 얘기하세.”

정조휘는 점소이를 불러 자리를 옮겨줄 것을 지시하고는 급히 실내로 들어와 다시 마주 앉았다.

“아까 자네가 그자의 눈빛에서 느낀 것들을 다시 얘기해보게. 좀 더 자세하게 말일세.”

“아까 말한 그대로야. 그 이상은 불가능해. 그건… 말로는 더 이상 자세히 표현하기 힘들어.”

유진룡은 고개를 흔들었다.

정조휘는 더 이상 채근하지 않고 생각에 잠겼다.

유진룡의 짧은 설명으로는 확실히 짐작할 수가 없지만 그런 기운은 마의 기운이다.

하지만 또 쉽사리 그렇게 단정할 수가 없었다.

마기라면 자신이 알아보지 못할 리가 없었다.

그냥 단순한 대결도 아니고 생사를 결한 혈투였다. 그런 상태라면 마의 기운은 주변을 뒤덮을 듯 폭발했을 것이다. 그런데 마지막 순간 눈빛에서 잠깐 비춰졌다.

그렇다면 마기와는 다른 기운일 수도 있었다.

현재 마교는 지리멸렬한 채 그 자취를 찾기 힘든 상태다.

오십여 년 전, 구천대마교(九天大魔敎)가 정도맹에 대패한 후 그 종적이 사라져 버렸다.

하지만 그 누구도 그들이 완전히 뿌리 뽑혔다고는 생각지 않았다.

어느 음습한 곳에서 싹을 틔울 기회를 엿보고 있을 것이라 확신하고 있었다.

그런데 혈우마령대에서 그 기운이 드러났다?

'아니, 그게 아니야!'

정조휘는 고개를 흔들었다.

그것만으로는 마교의 출현이라 볼 수도 없었고, 마교의 기운과도 많이 달랐다.

벌컥!

혼란스러운 심정에 정조휘는 한 병 술을 단숨에 비웠다.

자신의 식견으로서는 더 이상은 무리였다.

이 이상은 백엽동 장로에게 상의해 봐야 할 것 같았다.

어쩌면 그 노인은 이런 미심쩍은 기운을 이미 감지하고 있었는지도 몰랐다.

겉으로 드러난 행동은 언제나 예측을 불허하여 머리를 싸매게 했지만 그 깊은 속을 헤아릴 수 있는 사람은 얼마 되지 않았다.

그 노인네라면 무언가 답을 찾을 것이다.

"휴—"

정조휘는 속으로 긴 한숨을 내쉬었다.

그런 음습한 힘이, 그런 가공할 세력이 자신 가문을 노렸다면 머지않아 멸문의 상황을 맞게 되었을 것이다.

아찔한 생각에 정조휘는 자신도 모르게 진저리를 쳤다.

'그런데 이놈의 정체는 또 뭔가?

정조휘는 슬쩍 유진룡을 쳐다보았다.

대결 중에 마주친 혈우마령대의 마기에 혈맥이 진탕되는지, 아니면, 자욱했던 피 냄새에 질렸는지 유진룡은 여전히 가라앉은 모습으로 술만 마시고 있었다.

"살생을 한 것이 아직 마음에 걸리는가?"

정조휘는 넌지시 물었다.

유진룡은 천천히 고개를 흔들었다.

"강호에 발을 들인 이상 난 비정해질 생각이네. 그러지 않고는 내 꿈을 지킬 수 없다는 생각이 들었어."

유진룡은 가슴속의 모든 잡념을 한꺼번에 털어내듯 긴 한숨을 토했다.

'이놈 보게?'

유진룡의 대답에 정조휘는 멍한 표정으로 유진룡을 쳐다보았다.

좀 전까지만 해도 너무 심란해 보여 걱정이 될 정도였는데 의외로 적응이 빨랐다.

정체와 목적이 무언지 몰라도 그런 적응력이라면 살성(殺聖)이 되든지, 협객이 되든지 대성할 것 같았다.

"꿈이 뭐기에?"

내심을 감춘 정조휘가 지나가듯 물었다.

"지금은 잠시 맡겨두었어."

유진룡도 지나가는 소리처럼 답했다.

"망할 놈! 그게 무슨 소리야? 꿈을 맡겨두다니? 혹시 간도 빼서 어디 맡겨둔 것 아니야?"

약간 취기가 올랐는지 정조휘는 막말을 하며 투덜거렸다.

그러는 사이 술이 바닥났다.

정조휘는 점소이를 부르기 위해 문을 열었다.

유진룡이 손을 들어 올렸다.

"이젠 그만 하지. 과음은 장수의 적이니까."

"얼씨구!"

"할 일도 많고……."

"점입가경이군."

정조휘의 빈정거림이 끝나기도 전에 유진룡은 몸을 일으

켰다. 그리고는 문밖으로 나섰다.

정조휘는 어이없는 표정으로 유진룡의 등을 쳐다보다가 같이 일어섰다.

"술자리가 끝나지도 않았는데 그렇게 일방적으로 뛰쳐나가는 법이 어디 있냐, 이 몰상식한 놈아!"

정조휘가 고함을 지르며 주루 밖으로 따라나왔다.

싸움터에서부터 따라와 밖에서 지키고 있던 고엄경과 그 부하들이 얼른 주루 뒤로 몸을 숨겼다.

"여기서 이별해야 할 것 같다. 백 노인과 너희 부모님에겐 대신 인사를 전해라."

유진룡은 정조휘에게 손을 내밀었다.

정조휘는 기가 막힌 듯 입만 벌리고 있었다.

여러 병 마시긴 했지만 아직 시작도 하지 않은 기분이었다. 이 집 술을 바닥내고 나면 집으로 돌아가서 밤새 떠들며 마시고 싶었다. 그래서 승리의 기쁨을, 멸문의 위기에서 살아남은 환희를 한껏 만끽하고 싶었다.

그런데 이별이라니?

"너무 몰인정한 처사 아닌가?"

술기운을 털어내고 조금 냉정해진 정조휘가 가라앉은 목소리로 말했다. 여전히 그는 유진룡의 손을 잡지 않고 있었다.

"작별 인사는 짧을수록 좋은 법일세."

유진룡은 정조휘의 손을 억지로 잡아당겼다.

"참, 내 숙소에 있는 검은 당분간만 자네가 맡아두게. 안심하고 맡길 데가 없었는데 자네 집이면 괜찮을 것 같군. 언젠가 내가 사람을 보낼 테니 이걸 가져온 사람에게 내어주게."

유진룡은 정조휘의 검병에 달린 장신구 하나를 떼어냈다. 그것이면 정조휘는 유진룡이 보낸 사람을 확인할 수 있을 것이다.

"잘 있게!"

훌쩍 등을 돌린 유진룡은 성큼성큼 걸음을 옮겼다.

어느새 유진룡의 신형은 골목을 돌아 사라졌다.

정조휘는 넋 나간 사람처럼 그 자리에서 움직일 줄을 몰랐다.

이건 무슨 낮 도깨비가 잠시 자신 곁에 머물렀다가 해가 뜨니 사라져 버린 것 같았다.

사람의 탈을 쓰고 이렇게 무정하게 헤어져도 되는 것인가?

정조휘는 아직도 술이 덜 깬 기분이었다.

"정말 바람 같은 청년이군요. 어디서 왔다가 어디로 가는지……."

천천히 다가온 고엄경이 혼잣소리처럼 중얼거렸다.

"망할 놈! 백 장로님께 얼마나 닦달을 받게 하려고……."

정조휘는 그 말로 헤어짐의 아쉬움을 대신했다.

개방장로 백엽동은 비록 싸움에는 참여하지 않았지만 유

진룡에 대해서 누구보다 관심이 많았다. 그래서 눈이 빠지게 기다리고 있을 터인데 그냥 훌쩍 떠났다는 소식을 듣게 된다면 난리를 칠 것이다.

그 성화는 고스란히 정조휘 자신의 몫이 될 것은 두말할 나위도 없다.

"인연이 있으면 언젠가는 다시 만나겠지요."

고엄경이 한숨을 내쉬며 유진룡이 타고 온 말고삐를 풀었다.

"그만 돌아가시지요."

고엄경이 말에 올랐다. 그러나 정조휘는 여전히 그대로 서 있었다.

"공자님!"

고엄경이 억지로 팔을 끌자 유진룡이 사라진 쪽을 한 번 더 쳐다본 정조휘도 말에 오른 후 힘없이 고삐를 흔들었다.

정조휘와 급하게 헤어진 유진룡은 인근 객점의 방 하나를 얻은 후 침상 위에서 가부좌를 틀었다.

혈우마령대 대주 적수운과 격돌하며 마지막 순간에 그의 눈에서 암기처럼 쏟아져 나온 붉은 기운!

그것에 대해 급히 확인해 볼 것이 있었다.

처음에는 지독히 음습한 기운이란 생각만 들었는데 술을 마시다 보니 문득 뇌리를 스치는 것이 있었다.

그 생각을 떠올리자 지옥유부(地獄幽府)의 비명 소리 같은 기운이 계속해서 내부를 뒤흔들었다.

'우선은 혈맥부터 다스려야겠다. 확인은 그다음에……'

그리 심각한 상태는 아니었지만 퍼붓다시피 마신 술기운이 오르자 혈맥이 좀 더 뒤흔들렸다.

유진룡은 길고 낮은 호흡과 함께 운기조식에 빠져들었다.

단전에서 끌어올린 대하 같은 기운을 혈맥 곳곳으로 흘려보내자 혈맥 속에 남아 있던 음습한 기운은 깨끗이 사라졌다.

그러나 유진룡은 계속해서 운기조식에 빠져들었다.

어제 오후부터 조금 전까지 한 숨도 붙이지 못하고 말을 달렸고, 싸움을 치렀다.

육체적으로나 정신적으로 지친 몸을 운기조식으로 말끔히 회복할 생각이었다.

우우웅―

단전에서 다시금 용암 같은 기운이 솟아올라 사지백해로 흘러갔다.

비록 어린 시절부터 일상생활처럼 운기조식을 하지는 않았지만 천산마존은 유진룡의 혈맥을 그 어떤 무인보다 넓고 강하게 만들어놓았다.

그 혈맥을 따라 한계가 어딘지도 모를 정도로 강한 내력이 전신을 휘돌았다.

조금 지나자 육신의 피로가 서서히 사라지고 격렬한 싸움에서 얻은 정신적인 피로감까지 씻겨져 나갔다.

"후우―"

반 시진 정도 지난 후 유진룡은 낮고 긴 한숨을 토하며 운기조식을 끝냈다.

몸이 솜털처럼 가벼워지며 지난밤 한숨도 자지 못한 피로감이 말끔히 사라졌다. 그리고 복잡하고 혼란스러웠던 마음도 명경지수처럼 맑아졌다.

그 새하얀 백지 같은 마음속으로 한 가지 영상이 떠올랐다.

그건 이제부터 확인해 봐야 할 것이었다.

유진룡은 천천히 눈 사이를 좁혔다.

아까 혈우마령대 대주 적수운의 눈에서 뻗어 나온 정체 모를 기운 속에 뭔가 잡히는 것이 있었다.

운기를 끝내고 정신이 샘물처럼 맑아지니 더 확연하게 떠올랐다.

유진룡은 급히 품속으로 손을 넣었다. 그리고 한 장의 종이를 끄집어냈다.

그건 도천극의 옥패에 있던 문양을 사부 천산마존이 기억을 되살려 그린 그림이다.

용과 이무기가 뒤엉켜 치열하게 싸우는 기괴한 그림!

천만뜻밖에도 혈우마령대 대주의 눈에서 뻗어 나온 음습한 기운이 그것과 동일한 느낌을 주었다.

유진룡은 그 그림을 뚫어져라 쳐다보았다. 그리고 혈우마령대 대주와 마주친 마지막 순간을 떠올렸다.

혈우마령대 대주의 눈에서 쏟아진 붉은빛의 이상한 기운에서 얼핏 용과 이무기가 뒤엉킨 형상이 보인 것 같았다.

설사 그 형상은 착각이었다 할지라도 그 기운에서는 지금 들고 있는 그림과 분명히 같은 느낌, 같은 음습함이 느껴졌다.

혈우마령대가 흑사련 소속의 비홍문에서 숨어 있었던 것으로 보아 그들 역시 흑사련 소속이라 보아야 한다. 그리고 사부를 죽게 만든 도천극 역시 흑사련에서 한자리를 차지하고 있다는 소문을 들었다.

흑사련과 혈우마령대!

혈우마령대와 도천극!

뭔가 끈이 이어지고 있는 것 같았다.

아직까지는 자신만의 느낌뿐이지만 혈우마령대가 도천극의 지시를 받고 움직이는 놈들이었다면 제대로 맞닥뜨린 것 같았다.

그러고 보니 자신과 도천극은 주애청과 상관없이 동생들 때문이라도 싸울 수밖에 없는 운명이란 것도 느껴졌다.

"휴우—"

유진룡은 세차게 고개를 흔들었다.

운명이란 것은 너무 복잡하고 얄궂은 놈이란 생각이 들었다.

그리고 그것은 인간의 머리로는 도저히 헤아리기 불가능하다는 것도…….

'그런데 그 기운의 정체는 무엇일까?

유진룡은 다시 한 번 고개를 흔들며 잠시 미루어두었던 생각을 이어갔다.

운기조식으로 혈맥에 스며든 사기(邪氣)를 모두 씻어내 버렸기에 이젠 그것을 떠올려도 아무렇지 않았다.

순간적으로 눈앞에 아비규환의 지옥도가 펼쳐진 것 같은 기운!

그러면서도 수많은 사람들의 고통에 찬 비명 소리가 한데 뭉쳐진 것 같은 기운!

만약 평범한 사람이 그 기운에 마주쳤다면 그 자리에서 미쳐 버렸을 것 같았다.

한마디로 그 기운은 심혼을 뒤흔들고 토할 정도로 역겨웠다.

그런 역겨운 기운을 몸속 깊이 담고 있는 자들은 어떤 종류의 인간들일까?

유진룡은 절로 눈살을 찌푸렸다.

그들의 정체가 무엇인지는 알 수 없었지만 결코 자주 만나고 싶은 존재들은 아니었다. 하지만 앞으로는 아주 자주 마주쳐야 할 것 같다는 예감이 드는 것은 어쩔 수 없었다.

"차차 확실해지겠지."

낮게 중얼거린 유진룡은 천천히 몸을 일으켰다.

이곳에서의 모든 것을 뒤로하고 이젠 다시 산길로 해서 항주로 가야 할 때였다.

휘익—

객점에서 나와 산 쪽으로 방향을 잡던 유진룡은 빠르게 골목길을 돌았다.

언제부터인지 느껴지던 미행의 기운은 점점 더 가까워졌다.

유진룡은 피식 웃음을 흘렸다.

미행 솜씨도 어설펐고 경공도 형편없었다.

이런 실력으로 어떻게 남의 뒤를 따라붙었는지 의심스러울 정도였다.

'뭐야, 이건?'

유진룡은 고개를 갸웃거렸다.

미행을 눈치 챈 자신이 역으로 추적함을 느낄 만도 한데 미행자는 오히려 속도를 늦추었다.

유진룡은 빠르게 골목을 돌았다.

한참 전부터 미행을 했음직한 사내는 이젠 아예 발을 땅에 붙이고 서 있었다.

유진룡도 얼른 속도를 멈추며 사내 앞에 섰다.

"맞군요."

유진룡과 마주선 사내가 빙긋 웃으며 고개를 끄덕였다.

유진룡은 눈살을 찌푸렸다.

왠지 미행이 서툴다고 생각했는데 이자는 미행을 한 것이 아니라 자신을 한적한 곳으로 유인한 것이었다.

"뭐가 맞단 말이오?"

유진룡은 사내가 한 말의 꼬리를 붙잡았다.

"예전에 소향상회에서 바위를 던지던 모습을 봤지요."

사내의 미소가 더욱 짙어졌다.

유진룡은 사내의 행색을 빠르게 훑었다.

차림새로는 아무것도 짐작할 수 없었다. 그러나 그때 자신의 모습을 봤다면 육마종의 수하였거나 혈사방의 수하일 가능성이 높았다.

"소향상회의 호원무사 우종성(于宗惺)이라 합니다."

사내는 빙글거리며 자신의 신분을 밝혔다.

유진룡은 뜻밖의 상황에 눈을 끔벅거렸다.

혈사방이 비홍문에 흡수되었다고 했으니 지금 자신을 알아보는 사내는 예전에 혈사방도였다가 지금 비홍문 소속이 된 비홍문도인 줄 짐작했는데 전혀 뜻밖도 소향상회의 무사였다.

"기다리고 계십니다."

사내는 더 짙은 미소와 함께 걸음을 옮겼다.

'단리하연?'

순간적으로 유진룡은 단리하연의 존재를 떠올렸다.

조심을 하며 소향상회의 정문 앞까지 갔다가 소고만 만나고 이곳으로 왔는데 누군가의 이목에 걸린 것 같다는 생각이 들었다.

잠시 더 그 자리에서 사내를 훑어본 유진룡은 사내 뒤를 따랐다.

"저곳입니다."

한 객점 안으로 들어선 사내는 객점 안쪽의 방문을 가리켰다.

괜히 설레는 마음에 조금 망설인 유진룡은 천천히 문을 열었다.

第三十八章
두 여인

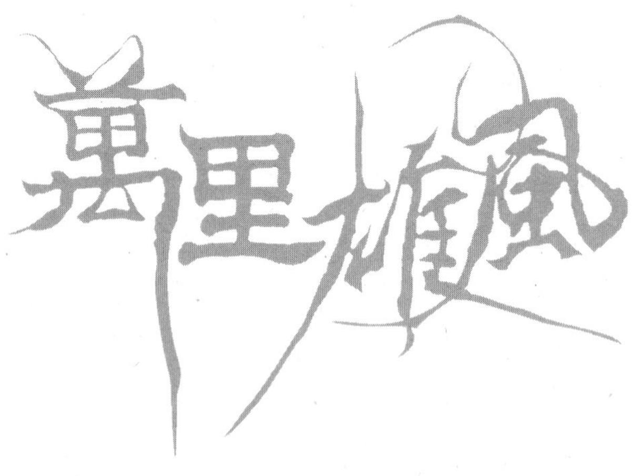

예상대로 실내에는 한 여인이 앉아 있었
다.

그런데 단리하연이 아니었다.

순간적으로 눈 사이를 좁히며 유진룡은 여인에게로 시선
을 모았다.

"대장……."

여인이 울음을 머금은 목소리로 유진룡의 뒷골목 시절 호
칭을 불렀다.

"너… 넌?"

그녀는 양혜란이었다.

같이 지낼 때 슬픈 눈을 한 사슴 같은 소녀는 첫눈에 알아보지 못할 정도로 아름다운 여인으로 변해 있었다.

“대장… 흑!”

울음을 터뜨린 양혜란이 유진룡의 품으로 뛰어들었다.

이 순간 그녀는 모든 것을 잊어버린 예전의 사슴 같던 소녀였다.

“혜란아!”

엉겁결에 양혜란을 안은 유진룡은 친동생을 대하듯 그녀의 어깨를 쓰다듬었다.

작은 어깨가 주체할 수 없이 들썩이며 그녀는 한참을 목 놓아 울었다.

한참 동안 어깨를 들썩이며 운 양혜란은 유진룡의 가슴에서 얼굴을 떼냈다.

그녀의 눈 주변은 발갛게 물들어 있었다.

“어떻게 이렇게 무심할 수가 있나요?”

양혜란은 투정 섞인 목소리와 함께 유진룡을 올려다보았다.

반가움과 원망이 가득한 그녀의 눈빛을 대한 유진룡은 아무 말 없이 한숨만 내쉬었다.

“그새 또 좀 더 컸네요.”

양혜란이 눈물 머금은 눈으로 웃었다.

이 년 전에 소향상회에 홀쩍 나타나 바위를 집어 던질 때도 놀랄 만큼 컸는데 그새 유진룡은 손가락 한 마디 정도는 더 큰 것 같았다.

"그러냐? 넌 아예 몰라보겠구나."

유진룡은 양혜란의 어깨를 쓰다듬던 손을 떼어내며 뒤통수를 만졌다.

그러고 보니 다 큰 처녀를 한참 동안 안고 있었던 것이다.

"처음엔 정말 몰라보더군요. 어떻게 그럴 수가 있어요?"

눈물을 찍어낸 양혜란의 눈에 가시가 돋았다.

"미안하다. 이렇게 달라졌을 줄 상상도 못했어."

유진룡은 고개를 흔들었다.

양혜란의 말대로 처음에는 정말 몰라보았다.

단리하연이 왔겠구나 하는 생각도 있었지만 양혜란이 너무 변한 것이다.

그사이 양혜란은 탈피를 하듯 소녀에서 여인으로 변해 있었다.

"앉아서 얘기해요."

머쓱해하는 유진룡을 보며 내심 웃은 양혜란은 자리를 권한 후 탁자를 사이에 두고 유진룡과 마주 앉았다.

탁자 위에는 찻주전자와 찻잔 두 개가 준비되어 있었다.

양혜란은 유진룡의 존재를 확신하고 이곳에서 기다리고 있었던 모양이었다.

"그런데 내가 여기 있는 줄 어떻게 알았느냐? 그렇게 허술

하게 움직인 건 아닌 것 같은데…….”

유진룡은 약간 우려스러운 표정을 지었다.

양혜란에게 그간의 행적이 이렇게 단박에 드러날 정도라면 다른 사람들에게도 마찬가지란 말이다.

그렇다고 해서 큰 문제는 없겠지만 좀 허탈한 기분이 드는 건 어쩔 수 없었다.

“대장이 조심성이 없어서 내가 알아차린 건 아니니까 그런 표정 지을 필요없어요. 외모와는 달리 대장은 용의주도한 데가 있는 사람이잖아요.”

김빠진 표정을 한 유진룡을 보며 양혜란은 피식 웃었다.

“내 외모가 어때서?”

유진룡이 눈을 치뜨며 얼굴을 쓰다듬었다.

“좀 싱겁게 생겼잖아요.”

양혜란이 좀 더 크게 웃었다.

“그거야… 키가 커서 그렇지.”

유진룡이 씨익 웃으며 답했다.

“하긴! 소주 뒷골목의 최고 독종이 싱겁다면 세상에 안 싱거운 사람이 어디 있으려고요…….”

양혜란이 고개를 주억거렸다.

“그런데 어떻게 알았느냐?”

유진룡은 다시 궁금증을 토로했다.

“그날… 심부름 나갔다 돌아온 소고가 이상했어요.”

양혜란은 유진룡의 궁금증을 풀어주었다.

"평소에는 바늘로 찔러도 피 한 방울 안 흘릴 것 같은 녀석의 눈이 부어 있기에 단박에 대장을 만난 줄 직감했어요. 그 녀석을 울릴 사람은 세상에 단 한 사람밖에 없으니까요. 그래서 알아냈어요."

"그 녀석이 그렇게 입이 싼 놈이었나?"

유진룡은 입맛을 다셨다.

"밤새도록 안 재우고 족치는데 안 불 사람이 어디 있겠어요."

양혜란은 당찬 음성으로 말했다. 그런 그녀의 눈에는 예전의 사슴같이 슬픈 기색은 사라지고 단리하연 못지않게 냉철하고 자신만만한 기운이 어려 있었다.

유진룡은 빙그레 웃으며 그녀를 쳐다보았다.

언젠가는 단리하연의 제자가 되어 돈을 많이 벌고, 자신 같은 처지의 아이들을 돕겠다던 그녀의 꿈은 반 이상 이루어진 것 같았다.

"그렇게 대장이 나타났다는 소식을 들은 후 여러 곳으로 사람을 풀었지만 찾는 데는 실패했어요. 그러다 어제저녁 정가장의 안주인이 납치될 뻔했다는 소식을 전서구로 통해 듣고는 이리로 곧장 달려왔어요."

"소식이 정말 빠르구나. 그리고 기동력도……. 난 이곳까지 며칠에 걸쳐 왔는데."

유진룡은 고개를 흔들었다.

그간 자신의 행적이 드러난 것이 아니라 소고를 통해 알았다고 했지만 어제저녁의 싸움 소식을 듣고 바로 이곳에 나타나서 기다리고 있었다는 것은 놀랄 만했다.

물론 자신은 산길로 빙 돌아왔고, 그녀는 쾌선으로 태호를 가로질러 왔으니 차이가 날 것이지만 그래도 무척 빨랐다.

"그게 장사꾼의 가장 큰 무기이지요. 전 앞으로 소향상회의 정보망을 개방 이상으로 강력하게 만들 생각이에요. 아직은 준비 중이지만 언젠가는 그렇게 만들 생각이에요. 정보가 곧 돈이니까요."

양혜란의 눈이 보석처럼 빛났다.

유진룡은 다시 한 번 미소를 지었다

이젠 양혜란은 전혀 걱정할 필요가 없을 것 같았다. 그녀는 날개를 단 비호가 되어가고 있었다.

"그리고… 또 그 정보망은 대장, 아니, 오라버니의 가장 큰 무기가 되게 만들겠어요."

"오라버니?"

유진룡은 뜻밖의 호칭에 눈을 조금 크게 떴다.

"소고 보고도 이젠 대장이라고 부르지 말고 형이라 부르라고 했다면서요? 그럼 저도 그렇게 불러야죠."

양혜란의 눈에 짧은 순간 예전의 슬픈 기색이 스쳐 지나갔다.

“실제로는 네가 더 나이 많을 수도…….”

“뭐예요?”

양혜란의 앙칼진 고함에 유진룡은 입을 다물었다.

“알았다. 내가 너보고 누나라고 부르는 것보다야 열 배 낫지.”

짓궂은 미소를 떨친 유진룡은 얼른 고개를 끄덕였다.

그렇게 두 사람은 한참 동안 이 얘기 저 얘기하며 시간 가는 줄 몰랐다.

“이건 대장, 아니, 오라버니 전해주려고 가지고 왔어요.”

한참 뒤 양혜란은 탁자 위에 작은 봉투 하나를 올려놓았다.

“이게 뭐냐?”

“열어보세요.”

유진룡은 봉투를 열었다.

봉투 안에는 소향상회의 인장이 찍힌 전표가 들어 있었다.

금액은 물경 은자 일만 냥이었다.

유진룡은 눈을 둥그렇게 뜨며 양혜란을 쳐다보았다.

아무리 탁월한 능력을 가졌다고 해도 양혜란이 그새 이렇게 많은 돈을 벌었다는 것은 놀랄 일이었다.

“제 것이 아니라 회주님이 오라버니 드리라고 준 것이에요. 요즘 세상은 남자의 능력이 가진 돈의 액수로 평가될 때가 많으니 아무 소리 하지 말고 받으라는 말도 함께 전하라고 했어요.”

단리하연은 유진룡의 험난한 행보에 돈이 많이 들 것을 예
상하고 있었다.

유진룡은 말없이 전표를 내려다보았다.

전표를 담은 봉서에서 그녀의 향기가 스며 나오는 것 같았
다.

멀리 떨어져 있지만 그녀는 지금도 깊은 눈으로 자신의 내
면만을 쳐다보고 있는 것 같았다.

그러나 돈은 자신에게도 있었다.

"돈은 나도 충분하다. 그러니 이건 네가 가지고 있다가 동
생들을 위해서 써라."

유진룡은 전표를 도로 봉투에 넣어 양혜란에게 내밀었다.

봉투를 쳐다보는 양혜란의 눈에서 표독스런 기운이 쏟아
져 나왔다.

"왜 그래?"

뜻밖의 반응에 유진룡은 봉투와 양혜란을 번갈아 쳐다보
았다.

"내가 만약 오라버니를 위해 오랫동안 고생하며 목도리 하
나를 만들었다고 쳐요."

양혜란이 냉철한 목소리로 말을 이었다.

"그래서 오라버니에게 기쁜 마음으로 선물했는데… 그게
내일 아침 회주님 목에 걸려 있다면 내 기분이 어떨 것 같아
요?"

양혜란은 더욱 날이 선 눈으로 유진룡을 쳐다보았다.

"그게 또… 그렇게 되는구나."

입맛을 다신 유진룡은 봉투를 품에 집어넣었다. 그리고는 빙그레 미소를 지었다.

"다 컸구나! 그런 것도 생각하고……."

유진룡은 실없는 농을 던졌다.

"오라버니는 키만 컸네요."

"못된 짐승들 하고만 살다 보니… 아니다! 회주님께 잘 쓰겠다고 전해라. 그리고 못 만나고 가서 미안하다고도……."

유진룡은 입에 발린 인사를 차렸다.

양혜란의 눈빛이 다시 차가워졌다.

"왜 또?"

유진룡이 눈살을 찌푸렸다.

"그럴 땐 미안하다는 말을 하는 게 아니라, 안타깝다거나… 하다못해 가슴 아프다는 식의 표현을 쓰는 거예요. 오라버니는 여자의 마음을 절망의 구렁텅이로 빠뜨리는 데는 타고난 소질이 있어요."

양혜란이 한숨을 푹 내쉬었다.

유진룡도 나직이 한숨을 내쉬었다.

양혜란의 말대로 그런 구석이 없지 않아 있기도 했지만 그게 아니라 해도 지금은 누구를 마음에 담아둘 처지가 아니었다.

그걸 담아두면 그만큼 몸이 무거워지고 죽을 가능성에 한 발 더 가까이 다가선다.

며칠밖에 겪어보지 못했지만 강호는 생각보다 더 비정하고 험난했다. 어쩌면 그 비정함의 가장 큰 축이 자신일지도 몰랐지만…….

"오라버니는 회주님께 뭐 드릴 것이 없는가요?"

유진룡의 마음을 아는지 모르는지 양혜란은 계속을 말을 걸었다.

"어떤 것 말이냐?"

"사소한 것이라도… 선물이 될 만한 것이면 더 좋고."

양혜란의 눈은 집요하게 답을 요구했다.

그런 것에는 신경도 쓰지 못한 유진룡은 자신이 단라하연에게 뭘 줄 수 있는지 생각해 보았지만 아무것도 줄 게 없었다.

"가진 것이…….."

"아무것도 좋아요. 사소한 소지품 하나라도…….."

양혜란이 계속 재촉했다.

유진룡은 갑자기 생각난 듯 품속에 있는 산삼 한 뿌리를 꺼냈다.

"효능 좋은 산삼인데… 혹시 중독의 후유증이 나타나면 달여서 마시라고 해라."

"최고예요!"

마침내 양혜란이 환호성을 질렀다.

"어서 줘요!"

산삼을 받아든 양혜란의 눈이 또 한 번 슬퍼졌다.

'내가 이렇게라도 하지 않으면 대장이나 회주님의 청춘은 너무 삭막해요.'

양혜란은 얼른 표정을 바꾸며 산삼을 보자기 속에 갈무리했다.

"오라버니는… 이제 어디로 갈 건가요?"

질문을 던진 양혜란의 눈에 태산 같은 걱정이 묻어났다.

앞으로 유진룡이 어디로 가든 그곳은 혈우(血雨)가 내리는 생사의 갈림길이 될 것 같으리란 예감이 들었다.

이곳에 오자마자 그런 일이 벌어졌으니 앞으로는 더할 것이다.

"우선은 항주로 가서 뭘 좀 알아보아야겠다. 겸사겸사 응탁이 녀석도 만나보고."

"되도록이면 사람들이 많이 있는 곳으로 다니세요."

양혜란이 간절히 당부했다.

"세상에서 사람보다 무서운 존재는 없단다."

"그렇군요. 그럼 사람이 아무도 없는 곳으로만 다니세요."

양혜란이 고개를 끄덕였다.

"그렇게 하도록 하마."

대답을 한 유진룡은 천천히 몸을 일으켰다. 더 앉아 있다가는 양혜란이 영영 못 일어날 것 같았다.

"그만 가자!"

유진룡은 양혜란의 팔을 잡아 일으켰다.

양혜란은 기운이 다 빠진 듯 얼른 일어서지 못했다.

'이래서 멀리서 한 번씩 보고만 가려고 했는데…….'

유진룡은 속으로 긴 한숨을 내쉬었다.

만남의 순간은 더없는 기쁨이었지만 그건 너무 짧다. 그리고 그 뒤엔 훨씬 슬프고 긴 이별이 따른다.

그 이별의 아픔이 더 컸기에 만나지 않으려 했지만 양혜란과 소고는 만나고 말았다.

소고도 마찬가지였지만 양혜란과 헤어지는 이 순간 역시 너무 힘들었다. 그래서 더욱더 겉으로는 무심한 표정을 지었지만 가슴 한쪽으로는 핏덩이가 엉기고 있는 느낌이었다.

"안 일어날 거야?"

여전히 일어서지 못하고 있는 양혜란을 보며 유진룡은 한 번 더 팔을 끌었다.

억지로 눈물을 감춘 양혜란이 겨우 자리에서 일어섰다.

"몸조심하세요, 오라버니."

양혜란의 눈에서 어쩔 수 없이 눈물이 흘러내렸다.

"그만 울어라. 그렇게 눈물이 많아서야 어떻게 철혈여인이 되어 동생들을 책임지려고 그래? 그리고 난 끄떡없을 테니 걱정 마. 쓰러질 놈 같았으면 뒷골목에 있을 때 벌써 쓰러졌다.”

유진룡은 손등으로 양혜란의 눈물을 닦아주며 안심시켰다.

“그래요. 오라버니는 세상 누구보다 강한 사람이죠. 이젠 좀 무정하기도 하고…….”

양혜란은 서서히 냉전을 되찾으며 먼저 방문 쪽으로 몸을 움직였다.

‘언제까지가 될지 모르겠지만 돌아올 때까지는 그렇게 살 수밖에 없을 것 같다. 그렇게 무정하고 비정하게…….’

속으로 중얼거린 유진룡은 한발 앞서 방문을 열어주었다.

밖으로 나오자 소향상회의 호원무사들이 주루 입구에서 보초를 서듯 서 있었다.

아까는 한 명밖에 안 보였는데 여러 명이었다. 어딘가에서 몸을 숨기고 있다가 이곳에서 모두 모인 모양이었다.

유진룡은 안도의 한숨을 지었다.

한 명만 대동하고 왔다면 조금 염려가 되었을 텐데 여러 명인 것을 보니 마음이 놓였다.

“이젠 제법 주요 인사가 된 것 같구나.”

유진룡이 씨익 웃었다.

“그럼요. 제가 하루에 주무르는 돈이 얼만데요.”

양혜란도 마주 미소를 지었다.

“그래. 그렇게 웃고 사는 게 좋아. 넌 예전에도 너무 많이

울었어. 그러니 이젠 그만 울어라. 그래야 내 마음도 편하니
까.”

“안 울게요. 그게 오라버니를 편하게 해준다면…….”

양혜란이 입술을 깨물며 연신 고개를 끄덕였다.

그러는 사이 소향상회의 마차가 있는 곳까지 왔다.

“아 참! 네가 해줄 일이 하나 있다.”

잠시 생각에 잠긴 유진룡은 불쑥 말했다.

“말씀하세요.”

“정가장에 가면 내 물건이 하나 있는데, 그 집 장남에게 이
걸 가지고 가면 내줄 것이다. 그걸 영화전장에 맡겨서 항주
지부로 좀 보내라. 이름은 유룡이라는 가명을 썼다. 그리고
되도록이면 나와 소향상회가 연관이 있다는 것을 모르게 해
라.”

청룡검의 전달을 부탁한 유진룡은 정조휘의 검병에서 떼
어낸 장신구를 양혜란에게 건네주었다.

“어떤 물건이기에……?”

“내 물건이 아니고, 내 사형되는 사람의 물건이다.”

“사형이 있나요?”

양혜란의 표정이 언뜻 밝아졌다.

삭막한 강호에서 혼자만 외롭게 내쳐지는 것보다 사형이
있고, 사문이 있다면 훨씬 덜 위험할 것 같다는 생각이 든 것
이다.

“아직 만나보지는 못했는데… 중원 어디에 있다는 건 확실하다.”

“고수인가요?”

양혜람은 빠르게 물었다.

“그럼! 자그마치 무림 서열 오십 위 안에 드는 고수라고 들었다.”

유진룡은 존경스럽다는 표정과 함께 답했다.

“정말 다행이군요!”

양혜란의 음성이 한층 더 밝아졌다.

“글쎄… 다행일지, 애물단지일지…….”

“그게 무슨……?”

“아, 아니다. 그냥 나 혼자 해본 소리고……. 이젠 그만 가보아라. 내 걱정은 말고… 난 꿋꿋이 살아서 돌아올 테니.”

유진룡의 재촉에 양혜란은 고개를 끄덕이고는 마차에 올랐다. 그리고 천천히 마차가 움직였다.

“아까 한 약속 잊지 마라. 다시는 울지 않겠다는…….”

마차가 조금 멀어지자 유진룡은 손을 흔들었다.

“오늘만 울게요. 내일부터는 절대로 안 울게요.”

주르르 흐르는 눈물을 어쩌지 못한 양혜란은 나직한 혼잣소리와 함께 마주 손을 흔들었다.

*　　　　*　　　　*

작고 흰 손이 금빛이 찬란한 물체를 어루만졌다.

금빛 찬란한 그 물체는 아무렇게나 귀퉁이가 떨어져 나가고 표면도 울퉁불퉁한 서책만 한 크기의 물건이었다.

그것은 처음에는 서책처럼 반듯한 모양이었다가 이리저리 모서리가 부딪치고 표면도 흠집이 생겨 이제는 그 원형을 많이 상실한 평판 금덩이 같았다.

여인의 손이 더없는 애정과 함께 그 이상한 모양의 금덩이를 어루만지자 금덩이는 여인의 애정에 화답이라도 하듯 더욱 찬란한 황금색을 뿜어냈다.

"호오—"

보드라운 수건을 들어 올린 여인은 평판 금덩이의 표면에 입김까지 불어가며 그것을 닦았다.

몇 번이나 조심스럽게 표면을 닦은 여인은 그것을 창문 쪽으로 가져갔다.

창문으로 쏟아진 햇빛이 더욱 찬란한 금빛을 반사시켰다.

여인은 금색 평판을 반듯하게 놓았다.

그러자 그 평판에 음각으로 된 글자들이 나타났다.

투박하게, 아무렇게나 음각된 글자는 너무도 엉성해서 금빛 찬란한 평판과는 도저히 어울려 보이지 않았다. 그러나 여인은 그 엉성한 글자들이 무슨 보석이나 된 듯 손가락으로 쓰다듬으며 보드라운 수건으로 한자한자 정성스럽게 닦았다.

금은 녹이 슬지 않기에 그 글자들에도 녹이 슬 리 만무하건
만 여인은 그 글자들에 먼지 한 올이라도 묻는 것을 허용하지
않겠다는 듯 정성스럽게 닦았다.

울퉁불퉁한 표면에 글자라고 볼 수 없을 정도로 엉성하게
파여진 음각들에서는 유독 꿈이라는 글자가 많이 반복되어
있었다.

여인은 다시 그 글자들을 수건으로 닦아갔다.

"당신의 꿈은 언제나 찾으러 올 수 있을까요?"

금박된 글자를 닦아가던 여인, 단리하연은 긴 한숨과 함께
창밖을 응시했다.

단리하연이 들고 있는 그 금빛 찬란한 물건은 유진룡이 동
생들의 꿈을 숯으로 아무렇게나 적어놓은 나무판이었다.

그것을 유진룡에게서 받은 단리하연은 칼로 글자들을 한
자한자 음각하고 그 위에 특수하게 처리를 한 뒤 금도금을 한
것이었다.

단리하연은 유진룡의 꿈을 그렇게 간직하며 쓰다듬고 있
었다.

"지금쯤은 만났겠지?"

단리하연이 다시 창밖의 먼 허공을 응시하며 나직하게 중
얼거렸다.

쾌선을 타고 태호를 가로질러 갔으니 양혜란은 지금쯤 유
진룡을 만났을 것이다.

처음 마주쳤을 때의 모습이 어떠할지, 어떤 대화를 나눌지 너무 궁금했다.

양혜란이 같이 가자고 조를 때 눈 질끈 감고 같이 갈 걸 하는 후회가 지금까지 수십 번도 더 들었다가 사라지곤 했다.

"호오―"

고개를 흔든 단리하연은 다시 금도금 된 나무판을 닦았다.

다시 똑같은 후회감이 밀려왔다. 그리고 그땐 왜 양혜란만 보냈는지 알다가도 모르겠다는 생각이 들었다.

양혜란이 유진룡을 얼마나 그리워하는지 잘 알기에?

아니다. 그런다고 혼자만 보내는 건 말이 안 되었다. 그립긴 자신도 마찬가지였다.

그럼 왜?

그 순간에는 어쩐지 양혜란 혼자만 보내고 싶었다. 그래서 양혜란이 유진룡에 대한 그간의 그리움을 모두 쏟고 오게 하고 싶었다.

그건 양혜란을 위하는 마음일까? 아니면, 자신을 위한 못된 마음일까?

그리고 지금의 이 초조하고 불안한 마음은?

그 불안한 마음 끝에 스며드는 한 가닥 질투심은?

"후후!"

단리하연은 문득 자조적인 웃음을 토했다.

"단리하연아, 너도 별수없는 여자구나… 정말 유치

해······.”

낮게 중얼거린 단리하연은 긴 한숨을 내쉬었다.

자신을 아는 모든 사람으로부터 금으로 만든 얼음 꽃이란 뜻의 금빙화란 호칭으로 불리며 소주에서는 제일 많은 돈을 주무르지만, 지금 이 순간은 자신이 너무 보잘 것 없게 느껴져서 헛웃음만 나왔다.

“잘했어. 혼자만 보낸 건 정말 잘한 거야. 그렇게 보고 싶어하는데… 거길 내가 따라갔다면 그건 정말 못된 짓이야.”

자신을 설득하며 고개를 세차게 흔든 단리하연은 다시 금박 나무판을 정성스레 닦았다.

“회주님!”

밖에서 시비의 목소리가 들렸다.

단리하연은 금박 나무판을 닦던 손을 멈추고 천천히 고개를 들었다.

“무슨 일이야?”

“소고가 회주님을 뵙자고 합니다.”

시비가 또록또록하게 말했다.

“소고?”

소고라면 며칠 전 저녁에 유진룡을 만나고 와서는 밤새도록 자신과 양혜란의 닦달을 받았던 녀석이다.

단리하연은 바람처럼 일어나서 집무실 문을 열었다.

시비 한 명과 함께 소고가 쭈뼛거리며 서 있었다.

"네가 웬일이니, 이곳까지?"

단리하연은 눈을 동그랗게 떴다.

다른 아이들과는 그동안의 노력으로 이젠 스스럼없이 지내는데 저 녀석은 조가비처럼 껍질을 굳게 닫고 있었다. 사춘기 소년의 전형적인 모습이기도 했지만 저 녀석은 그 정도가 좀 심했다. 잘못하면 어느 순간 폭발하여 튀어나갈 수도 있어 그것이 항상 걱정되었다.

"드릴 말씀이 있어서……."

소고가 머뭇거리며 답했다.

"어서, 어서 들어와!"

단리하연은 손짓까지 하며 집무실 안으로 소고를 불러들였다.

"넌 어서 가서 차를 좀 내오너라."

"알겠습니다."

소고와 함께 왔던 시비도 '저 녀석이 웬일이야?' 하는 표정으로 소고를 한 번 쳐다본 후 종종 걸음으로 사라졌다.

"그래, 어쩐 일이야?"

단리하연은 조심스럽게 질문을 던졌다.

자립심 강하고, 자존심은 더 강한 녀석이 이곳까지 왔으면 보통 일이 아닐 것이란 생각과 함께 단리하연은 이 녀석이 혹시 이곳을 떠나겠다는 폭탄선언이라도 하지 않을까 걱정이 되었다.

"어려워하지 말고 말해봐, 무슨 일인지?"

단리하연은 표정과 말투를 부드럽게 하며 다시 물었다.

"용돈 좀 주십시오."

소고가 불쑥 말했다.

"용돈?"

단리하연은 멍한 표정을 짓고 말았다.

이 녀석이 이곳까지 와서 폭탄선언처럼 하는 말이 용돈 좀 달라라니?

그동안 녀석은 양혜란을 통해서 용돈을 요구했고 자신도 양혜란을 통해 꼬치꼬치 이유를 캐물었다.

"네! 그것도 왕창……."

작정을 한 듯 소고는 단호하게 말했다.

'이 녀석이 정말 도망을 가려는가?

그런 생각과 함께 단리하연은 다시 소고를 쳐다보았다.

"어디에 쓸려고 왕창 달라는 거냐?"

내심을 감춘 단리하연이 이체 무덤덤하게 물었다.

"쓸데야 많지요."

소고는 약간은 건들거리는 투로 말했다.

"그러니까 그게 어디야?"

단리하연의 눈빛이 조금 날카로워졌다.

"이것저것 살 것도 좀 있고… 또……."

"너 도망치려고 그러지?"

소고의 말을 끊은 단리하연이 이젠 칼날 같이 다그쳤다. 그런 그녀의 표정은 암표범도 질릴 것 같은 사나움이 서려 있었다.

'젠장! 처음부터 누님이라고 부르고 시작하라고 했는데… 도저히 입이 떨어져야 말이지……'

소고는 아무 말도 못한 채 낭패한 표정으로 단리하연을 쳐다만 보았다.

"이 녀석이!"

단리하연이 자리에서 벌떡 일어섰다.

그녀의 눈에는 얼음 칼이 시퍼렇게 날을 세우고 있었다.

"혜란이가 없으니 내가 대신 하겠어. 회초리 가져와!"

마침 차를 가져온 시비가 얼른 차를 놓고 회초리를 가지러 줄달음을 쳤다.

"이 녀석이 이젠 좀 컸다고……."

단리하연이 다시 암표범 같은 눈으로 소고를 노려보았다.

'미치겠네.'

소고는 한 마디도 못하며 식은땀만 흘렸다.

보통 여인들과는 달리 단리하연은 무공에도 고수이니 도망을 칠 수도 없는 노릇이었다.

그러는 사이 시비가 회초리를 한 개 가져왔다.

"그건 이리주고, 가서 몇 개 더 가져와."

단리하연은 시비를 다시 보냈다.

“어서 종아리 걷어!”

회초리를 야무지게 다잡은 단리하연이 고함을 질렀다.

‘이젠 죽었다!’

소고는 말주변 없이 무뚝뚝한 자신의 성격을 한탄할 수밖에 없었다.

“어서!”

“그, 그게 아니라…….”

“아니긴 뭐가 아냐. 내가 돈 많이 주면 내일 당장 네 대장 찾아 도망가려고 그러는 줄 누가 모를 것 같아!”

단리하연은 소고가 종아리를 걷어 올리든 말든 상관없다는 식으로 회초리를 들어 올렸다.

“누님!”

소고가 엉겹결에 유진룡이 가르쳐 준 호칭으로 단리하연을 불렀다.

막 회초리를 내려치려던 단리하연이 언뜻 고개를 들며 뭘 잘못 들었지 않나 하는 눈으로 소고를 쳐다보았다.

“형이 회주님 보고 누님이라 부르라고 시켰습니다.”

소고가 급한 김에 이실직고했다.

“형? 장명 공자 말이야?”

단리하연이 와락 눈살을 찌푸렸다. 요즘 들어 있는 듯 없는 듯 자기 일에만 몰두하고 있는 이장명이 소고에게 이런 실없는 일을 시킬 리 만무했기 때문이다.

“아니, 대장이…….”

“대장……? 유 공자 말이야?”

갑자기 단리하연의 목소리가 춤을 추듯 높아졌다.

“네! 대장이 그때 회주님을 누님이라 부르라고 했습니다.”

“그, 그게 무슨 말이냐? 처음부터 자세히 말해봐, 어서!”

여전히 회초리를 든 단리하연이 그걸로 바닥을 두드리며 말했다.

“회초리 좀…….”

“으응? 아, 알았어.”

단리하연이 얼른 회초리를 내려놓았다.

“어서 말해봐. 대장이 뭐라고 하면서 나보고 누님이라고 부르라고 했는지?”

단리하연의 음성이 쉴새 없이 출렁거렸다.

‘역시 내 짐작이 맞았어!’

회초리가 치워지고 안정을 되찾은 소고가 눈을 빛냈다.

“그러니까…….”

“그러니까?”

“저번에 대장을 만났을 때 앞으로는 자신을 대장이라 부르지 말고 형이라 부르라고 했습니다. 그리고 회주님은 누님이라고 부르라고…….”

소고의 대답을 들은 단리하연의 눈빛이 몇 번이나 변했다. 그러다 다시 냉철해졌다.

“너, 그거 거짓말이지?”

“예에?”

소고가 다시 안정을 잃었다.

“너희 대장같이 무심하고 냉정한 사람이 아무렇게나 그런 말을 할 턱이 없어. 이 녀석이 날 갖고 놀려고…….”

“제가 어떻게 회주, 아니, 누님을 갖고 놉니까?”

그 말과 함께 소고는 짠순이로부터 시작된 유진룡과의 그날 대화를 가감없이 모두 들려주었다.

“그래? 그렇게 자세히 말하니 이젠 좀 이해가 돼.”

단리하연이 고개를 끄덕였다. 그런 그녀의 볼이 약간 상기되어 있었다. 유진룡이 생각보다 자신을 잘 알고 있다는 생각이 든 때문이었다.

“그런데…….”

소고의 눈이 다시 빛났다.

“왜?”

“형이 말하길, 이모라고 부르면 나중에 복잡해진다고 했는데… 그게 무슨 뜻인지……?”

단리하연의 눈빛이 다시 몇 번 변했다.

“몰라, 이 녀석아! 내가 그것까지 어떻게 알아.”

이번에는 속절없이 속아 넘어간 단리하연이 발갛게 옥용을 물들이며 고함을 질렀다.

“용돈은……?”

"얼마 필요해?"

"은자 한… 아니, 두 냥!"

소고가 마른침을 삼켰다.

"좋아. 세 냥을 줄 테니 허투루 쓰지 말고, 다른 사람에게
는 말하지도 마! 알겠지?"

"알겠습니다, 누님!"

소고가 함성처럼 답했다.

"그리고……."

"예? 예!"

"이 집에서 도망칠 생각 절대 하지 마!"

단리하연의 눈이 다시 칼날 같아졌다.

"쩝!"

소고가 입맛을 다셨다.

"왜?"

"형 만나기 전에 그럴까 생각도 많이 했었는데… 그러면
형이 패 죽인다고 했습니다. 저뿐만 아니라 동생들도 모
두……."

"네 대장에게 맞아 죽기 전에 혜란이 손에 먼저 잡혀! 이젠
나보다 정보가 빠르니까 소주 바닥을 뜨기도 전에 잡혀 와서
는 죽도록 맞을 걸."

단리하연의 입가에 화사한 미소가 어렸다.

"여자들 없는 세상에서 한번 살아봤으면……."

소고가 장탄식을 했다.

"뭐야? 이 녀석이!"

단리하연이 회초리를 찾았다.

"그만 가보겠습니다. 일 보십시오, 누님!"

은자 세 냥을 챙겨든 소고가 바람처럼 사라졌다.

'저 녀석도 이제 안심해도 되겠어. 앓던 이 하나 빠진 기분이야.'

소고가 사라진 방향을 한참 쳐다보던 단리하연이 길게 기지개를 켰다.

*   *   *

"그놈이 떠났단 말이냐?"

정조휘의 예상대로 싸움이 끝남과 동시에 유진룡이 어디론가 떠났다는 말을 들은 백엽동은 별채가 떠나갈 듯한 고함과 함께 눈을 세모꼴로 떴다.

"그렇습니다. 구름처럼 사라졌습니다."

정조휘는 타구봉 세례를 받을 작심을 하고 또박또박 답했다.

"이 망할 놈!"

백엽동은 당장이라도 달려갈 듯 정문 쪽을 쳐다보았다. 그러나 이미 한나절도 더 지난 후였다.

"이, 예의라고는 거지발싸개만큼도 못 갖춘 놈! 며칠 동안 같이 지냈으면 인사라도 하고 가야 할 것이 아닌가? 이 배은 망덕하고, 몰인정스럽고, 천하의 무심한 놈 같으니라고……."

백엽동은 한참 동안 유진룡을 향해 원망을 퍼부었다.

아직은 누구에게 무공을 배웠고, 얼마만 한 내력을 갖추고 있는지는 파악하지 못했지만 그동안 부지런히 조직을 움직인 결과 본명과 소투귀라는 예전의 별명까지는 알아내었다.

처음 만나서 관상을 보고 예측한 대로 놈은 더없이 불행한 환경에서 태어나 어려서는 들쥐처럼, 좀 더 커서는 들개처럼 헐떡이며 살아온 놈이었다.

그러면서도 세상을 향해 한점 원망없이, 한점 부끄럼없이 살아온 놈이었다.

그놈이 왜 이곳에 숨어들어 혈우마령대를 모조리 두들겨 부수었는지도 알 것 같았다.

자신이 거느리던 아이들을 맡겨둔 소향상회와 소주를 지키게 위함이었다.

가당찮게 기특한 놈이란 생각이 들었다.

그래서 좀 더 같이 지내며 내력을 알아보고 무림의 큰 기둥이 되도록 이끌어줄 생각도 했었다.

그런데 그놈은 바람처럼 떠나 버렸다.

진정 오랜만에 가슴 한쪽에 구멍이 뚫린 느낌이었다.

"호랑말코 같은 놈!"

백엽동은 다시 원망을 퍼부었다.

"그래, 그놈이 어디로 간다고 하더냐?"

한숨을 푹 내쉰 백엽동은 정조휘를 향해 기대하지 않은 질문을 던졌다.

"물어볼 새도 없이 떠났습니다."

정조휘는 입맛을 다시며 말했다.

"그래도 어느 방향으로 가는지 짐작이라도……."

정조휘의 어머니 주지화도 더없이 아쉬운 눈빛을 하며 정조휘를 쳐다보았다.

생명의 은인이나 마찬가지인 청년이었는데 대접은커녕, 제대로 인사도 차리지 못한 아쉬움이 그녀의 눈에 가득했다. 그건 옆에서 있는 정연지도 마찬가지였다.

"그것 역시……."

정조휘는 고개를 흔들었다.

"억지로 끌고라도 오지 그랬느냐."

정학중이 책망 섞인 소리를 질렀다.

"자네보다 더 고수인 것 같던데… 아들놈이 무슨 수로 끌고 온단 말인가?"

백엽동은 정학중에게 괜한 화풀이를 했다.

"그, 그야……."

정학중이 무슨 변명을 하려다가 입을 굳게 다물었다.

더 이상 대꾸했다간 어떤 날벼락을 맞을지 몰랐다.

한 가문의 가주를 타구봉으로 때리지는 못하겠지만 타구봉보다 더 무서운 것이 백엽동의 입이었다.

그 입에서 쏟아지는 독설은 때로는 거름통을 뒤집어쓴 것보다 더 고약했다.

"자넨 말이야……."

'이크!'

대꾸를 하지 않았는데도 거름통이 날아들려는 낌새를 보이자 정학중은 목을 움츠렸다.

"장로님! 긴히 드릴 말씀이 있습니다."

정조휘가 얼른 나서서 거름통을 막았다.

"이, 이놈이?"

백엽동은 눈을 부릅떴다.

여태까지는 어르신이나, 할아버지로 부르던 놈이 공식적인 호칭으로 불렀다.

"아버님과 어머님과도 함께 상의하고 싶습니다."

정조휘는 정색하며 말하고는 먼저 방으로 들어갔다.

"저놈이 뭘 잘못 먹었나?"

백엽동은 눈을 더욱 확실한 세모꼴로 만들며 정학중과 주지화를 쳐다보았다.

정학중과 주지화는 염려스런 눈으로 서로를 쳐다보았다. 혹시 이번 싸움에서 충격을 받은 장남이 무슨 폭탄선언이라도 하지 않을까 걱정이 된 것이다.

어린 시절에도 정조휘는 이런 모습으로 몇 번 가출을 감행한 적이 있었다.

"일단 들어가 보시지요."

거름통 세례를 모면한 정학중이 서둘러 안으로 들어갔고, 주지화와 백엽동도 뒤를 따랐다.

"그게, 그게 정말이냐?"

이제까지의 괴팍한 모습을 지운 백엽동이 번뜩이는 눈을 하며 물었다.

"그 친구가 분명 그렇게 말했습니다."

정조휘는 무겁게 고개를 끄덕였다.

"어서 다시 말해보거라. 그놈이 했던 말을 토씨 하나 빠뜨리지 말고!"

백엽동은 점점 더 날카로운 눈빛을 하며 정조휘를 채근했다.

정조휘는 유진룡이 말한 혈우마령대 대주의 눈에서 뻗어나온 붉은 기운의 눈빛에 대해서 다시 한 번 설명을 했다.

"혈마교……!"

백엽동의 입에서 처음 들어보는 단어가 튀어나왔다.

"혈마교?"

정학중과 주지화는 동시에 되뇌었다.

그러나 그들로서는 전혀 처음 듣는 단어인지라 두 사람은 백엽동의 입술만 주시했다.

백엽동은 깊은 생각에 감긴 채 입을 굳게 다물고 있었다.

"그게 무엇인지요, 어르신?"

한참 동안 백엽동의 입이 열리지 않자 참다못한 정학중이 질문을 던졌다.

"아니야, 그건 아니야. 혈마교의 마기라면 근처에 있는 모든 사람들이 보았을 것이야."

백엽동은 고개를 흔들었다.

"그렇다면… 수라문?"

이번에도 백엽동은 혼잣소리처럼 말했다. 그리고는 다시 고개를 흔들었다.

"수라문의 마기라면 마지막 순간 시신이 녹아내렸을 것이야. 그것도 아니고, 죽는 순간까지 마기를 눈동자 속에만 감추었다면……?"

백엽동은 풀리지 않는 화두를 잡고 늘어지듯 머리를 감싸 쥐었다.

"이상해. 알 수가 없어!"

마침내 백엽동이 고개를 저었다.

정학중과 주지화가 그런 백엽동을 멍하니 쳐다보고 있었다.

조금만 진중했다면 후개로 선출되고, 개방방주가 되었을

사람이었다. 그만큼 백엽동의 지식은 해박했다. 그런 그가 이렇게 고개를 흔드는 것은 정말 뜻밖이었다.

"총단으로 가서 좀 더 조사를 해보아야겠네. 당장 떠날 채비를 해야겠어."

백엽동은 갑자기 서두르기 시작했다.

"어르신 대체 그게 무엇이기에?"

주지화가 궁금하기 짝이 없는 눈으로 백엽동에게 질문했다.

눈에서 혈광이 뻗어 나오는 그런 기운이 그리 새로울 것이 없는데도 백엽동이 저리 서두르는 것은 이해가 되지 않았다.

"눈에서 그런 사특한 기운이 스며 나오는 경우야 많이 있었지. 정파인 주화입마를 당해도 그런 기운은 뿜어지지. 그러나 그건 충혈되고, 광기가 어린 기운이지. 그렇게 아비규환(阿鼻叫喚) 같은 기운은 아닐세. 그런 기운이라면 마기가 분명한데… 마기는 최후의 순간에는 대폭발을 일으킨다네. 그런데 그자의 최후는 그렇지 않았다고 하지 않았느냐?"

백엽동은 정조휘를 쳐다보았다.

"그렇습니다. 직접 싸운 그 친구 외에는 아무도 그런 기운을 못 느꼈습니다. 지극히 평범했습니다."

정조휘가 크게 고개를 끄덕였다. 정학중도 같이 고개를 끄덕였다.

"그게 이해가 안 가네. 그래서 곧바로 결론을 내릴 수가 없다네. 마의 기운이 아닌 또 다른 기운일 수도 있네. 어쨌든 총단으로 가야겠네. 더 있어봐야 나올 것도 없을 것 같고……."

백엽동은 벌떡 신형을 일으켰다.

"부인! 어서 술상을……."

"됐네. 내가 어디 술 못 먹어 죽은 귀신인가?"

백엽동은 천만 뜻밖으로 술을 거절하며 손을 흔들었다. 그런 그의 얼굴에 원인모를 불안감이 가득했다.

해가 서쪽에서 뜰 상황에 정학중과 주지화는 멍하니 백엽동을 쳐다만 보았다. 그러는 사이, 문을 열고 순식간에 별채로 향한 백엽동은 곧이어 송종보의 손목을 잡고 나타났다. 그리고는 정가장 식구들이 채 인사를 차리기도 전에 휭하니 사라져 버렸다.

*　　*　　*

"혈우마령대가 전원 당했다고?"

한 노인의 목소리가 탁하게 갈라졌다.

"그렇습니다. 전원이 죽거나 회복 불능의 부상을 당해 모두 사라진 것이나 마찬가지입니다."

젊은 목소리가 무미건조하게 답했다.

"상대는?"

노인의 목소리가 더욱 탁하게 갈라졌다.

“정가장의 호원무사로 밝혀졌습니다.”

“호원무사?”

탁한 노인의 목소리가 잠시 끊어졌다.

“그건 도저히 믿을 수 없다. 정보 조직을 재검토해 보아라.”

노인은 다시 말했다.

“저 역시 몇 번이나 확인해 보았습니다.”

“그런데?”

“그것이 확실합니다. 더욱 믿을 수 없는 것은… 단 한 사람에게서 모두 당했다고 합니다.”

“한 사람?”

“그렇습니다.”

다시 대화가 끊어졌다.

“그자의 정체는?”

“혈우마령대를 처치한 즉시 사라졌다고 합니다.”

“그자에 대해 수배령을 내려라. 그리고 정체를 파악하라!”

“알겠습니다.”

젊은 사내의 목소리가 짤막하게 흘러나온 후 멀어져 갔다.

“거미줄은 어떻게 됐나?”

잠시 후 노인은 다른 사내에게 질문을 던졌다.

“아직 아무것도 걸리지 않고 있습니다.”

또 다른 젊은 사내가 굵은 목소리로 답했다.

"돌고 돌아 결국은 그곳으로 갈 수밖에 없을 것이다. 그곳
에 거미줄을 치고 기다리면 언젠가는 걸려들 것이다."
노인의 목소리가 단정적으로 흘러나왔다.
"잘 알고 있습니다."
굵은 목소리의 사내도 당연하다는 듯 대꾸했다.
"그곳에서는 거미줄이 쳐진 사실을 모르고 있겠지?"
노인이 다시 물었다.
"그럴 만한 능력을 지닌 사람들은 없습니다. 모두 무공은
모르니까요."
굵은 목소리의 사내가 답했다.
"무공이 만능은 아니다. 천기마저 읽을 만한 능력이라면
무공을 뛰어넘을 수도 있다."
노인의 목소리에 처음으로 우려가 섞였다.
"걱정 마십시오. 최대한 은밀하게 움직이고 있습니다."
젊은 사내가 자신있게 답했다.

第三十九章
도망자

萬里雄風

휘익—

휘익—

두 개의 인영이 바람처럼 숲을 가로질렀다.

바위 끝을 밟고 날아오르거나 나무둥치를 박차고 앞으로 쏘아지는 그들의 신법은 그야말로 비호처럼 날렵하고 힘찼다.

앞서 달리는 인영은 보통 사람보다 훨씬 큰 덩치의 거한이었다. 뒤를 따르는 인영은 굴곡이 완연한 몸매의 여인이었다. 그 여인 역시 보통 여인보다 좀 더 큰 신장이었지만 앞에 가는 사내가 워낙 커서 왜소하게 보이기까지 했다.

휘익―

이번에는 여인이 앞서 나가며 경공을 펼쳤다.

보통 여인으로서는 내력이 달려 펼칠 수 없는 수준의 절정 경공이었다.

파앗―

뒤로 쳐진 거한이 작은 바위 끝을 박찼다. 그러자 아까같이 거한이 앞서고 여인이 뒤를 따르는 모습이 되었다.

두 인영은 그렇게 한참 동안 경공을 펼쳤다.

거의 한 시진 가량을 그렇게 무지막지한 경공을 펼치던 두 인영은 큰 바위 아래로 약속이나 한 듯 내려앉았다.

마치 유성이 떨어지듯 그들 두 인영이 바위 아래로 사라지자 숲 속은 금방 아무 일 없다는 듯 원래의 모습으로 돌아와 산새들과 풀벌레들 소리가 흘러나왔다.

"이젠 좀 많이 헤매겠지?"

얼굴에 수염이 가득한 텁석부리 사내 철사홍이 낮은 목소리로 말했다.

주애청이 무겁게 고개를 끄덕였다.

제법 오래전부터 미행의 낌새를 느끼기 시작했다.

처음에는 그냥 인근의 산적 나부랭이가 행인의 봇짐을 털거나 산길을 지나는 여자를 덮치기 위해 미행을 하고 있는 줄 알았다.

그래서 때로는 무시를 하기도 하고, 가까이 접근한 놈들은 역으로 추적하여 쫓아버리기도 하였다.

그러나 언제부턴가 거의 똑같은 거리를 유지하며 항상 미행이 따라붙는다는 것을 느꼈을 때는 결코 산적들이 아님을 인식하게 되었고 위기감을 느꼈다.

"우리가 계속 일정한 속도로 이동을 하니 행로를 짐작하고 기다리는 것 같아요. 인간 군상들 속에 파묻혀 은신을 한다면 우왕좌왕하다가 놈들이 종적을 놓칠 수도 있을 텐데……."

주애청이 안타까운 눈빛을 했다.

사람들이 득실거리는 도회 어딘가에 숨어서 한동안 보이지 않는다면 놈들은 혼란을 느끼며 제대로 추적을 못할 수도 있을 것이다. 그러다 놈들이 사라지고 전혀 예상 못한 곳에서 나타나면 떨쳐 버릴 수도 있었을 것이다.

그런데 자신과 철사홍은 아버지 천산마존을 찾기 위해 일정한 방향과 일정한 속도로 이동하고 있었다. 그것은 놈들의 예상 범위 안에서 항상 움직이는 것과 마찬가지였다.

놈들이 중간 중간 잠깐 자신들의 종적을 놓쳤다 하더라도 예상 가능한 진로를 분석하고 그곳에서 기다리다가 다시 따라붙는 것이다.

"그런 걸 보면 놈들은 도천극의 졸개들이 틀림없어. 그놈이 아니라면 이런 짓을 벌일 놈이 없지."

철사홍은 낮은 소리로 말하며 이를 갈았다.

"그놈은 우리가 사부님을 찾기를 바라며 그때를 기다리고 있는 것이야!”

철사홍은 단정적으로 말하며 은밀히 주변을 살폈다.

“휴—”

주애청은 한숨을 내쉬었다.

언젠가부터 그런 것을 눈치 챘지만 여기서 아버지를 찾는 것을 멈추며 주저앉을 수는 없었다.

아버지는 절대로 포기하실 분이 아니다.

살아만 계신다면 어딘가에서 만반의 준비를 해놓았을 것이다.

자신들은 그곳을 찾아야 했다.

그것만이 희망이었고, 이렇게 계속 이동하는 것이 살길이었다.

만약 모든 것을 포기하고 어느 곳에 주저앉아 버리면 도천극은 즉시 자신들을 잡으려고 할 것이다. 그러면 영원히 아버지를 다시 만날 수 없을 것이다.

수련을 함에 있어서는 단 한 차례의 휴식 시간도 주지 않고 세상 누구보다도 엄하고 매몰차게 내몰았던 아버지!

그땐 정말 죽고 싶을 정도였고, 부녀지간의 연조차 끊고 싶었다.

하지만 그 모든 것들이 천형을 타고난 자신을 살리기 위한 행도이었다는 것을 뒤늦게 알게 되었다.

그걸 조금만 일찍 알게 되었다면…….

최소한 도천극이 모반을 일으키기 하루 전에만 알았다 하더라도 한번이라도 다정하게 아버지라고 불러보았을 것이다.

아버지는 끝까지 그 사실을 숨겼다.

자신이 천형을 안고 스물도 되기 전에 죽을 수밖에 없는 운명이란 걸 알면 단 하루도 편히 살 수 없을 것임을 짐작한 아버지는 그 무거운 짐을 혼자 다 짊어지고 자신에게는 아무것도 알려주지 않았다. 그리고 천형을 씻어내기 위해 세상에서 가장 비정한 아버지로만 자신을 대했다.

그런 아버지를 향해 자신 역시 그렇게 대할 수밖에 없었다.

딸을 무슨 짐승보다 더 가혹하게 사육하는 아버지!

언제나 아버지는 그렇게밖에 여겨지지 않았다.

죽을 정도로 고통스러워 목이 터져라 비명을 지를 때도 아버지는 언제나 비정하게 수련을 시켰다.

그땐 아버지가 아니라 야차였고 저승사자였다.

그때 만약 아버지가 자신에게 그럴 수밖에 없는 모든 사정을 밝혔다면?

자신은 차라리 죽겠다고, 절대로 수련하지 못하겠다고 도리질을 쳤을 것이다.

그땐 너무도 비정한 아버지가 무서워 그럴 엄두도 내지 못했다.

그래서 이젠 이렇게 천형을 떨치고 살 수 있게 되었다.

하지만 그 사실을 알기도 전에, 아버지의 피를 토하는 것 같은 진심을 느끼기도 전에 도천극의 모반이 있었고 아버지는 생사조차 묘연하다.

"놈에게 잡히더라도 제 손으로 아버지께 밥 한끼 차려 드리고 잡혔으면 소원이 없겠어요."

주애청은 오랜 방랑 생활에 지쳤는지 심약한 소리를 했다.

"잡히긴 누가 잡힌다고 그래! 그런 마음 약한 소리할 시간 있으면 무공이라도 더 연마해!"

철사홍이 황소 같은 두 눈을 부릅뜨며 고함을 질렀다.

"미안해요, 사형!"

주애청이 얼른 사과하며 입술을 깨물었다.

"숨을 쉬는 한 절대로 포기하지 않는다! 그게 우리의 신조 잖아? 수련할 때도 그랬고 지금도 그렇고……."

다시 사람 좋은 얼굴이 된 철사홍이 부드러운 목소리로 주애청을 달랬다.

"그래요. 우린 모두 그렇게 수련을 쌓았지요."

주애청이 슬픈 미소와 함께 고개를 끄덕였다.

자신도 그랬고 철사홍도 그랬다. 그리고 도천극 역시 그렇게 수련을 쌓았다.

아니, 도천극은 훨씬 더 지독하게 훈련을 받았고 그렇게 다져졌다. 그래서 그놈 역시 절대로 포기하지 않을 것이다.

"절대로 포기하지 말고 찾다 보면 만날 수 있을 것이야. 그러니 힘을 내."

철사홍은 솥뚜껑만 한 손으로 주애청의 어깨를 두드리며 용기를 북돋웠다.

"그래요. 언젠가는 아버지를 만날 수 있을 거예요. 그리고 이젠 놈들은 떨쳐 버린 것 같으니 다시 움직여요."

주애청이 몸을 일으켰다.

"가만!"

같이 몸을 일으키려던 철사홍이 급히 팔을 뻗어 주애청의 움직임을 제지했다.

"놈들인가요?"

주애청이 낮은 목소리로 물었다.

"적아의 신호로 보아 그런 것 같아. 우리가 갑자기 사라지니 조심성을 잃고 급히 여기까지 쫓아온 모양이야."

자신의 의도에 놈들이 걸려들자 철사홍은 입가에 차가운 미소를 피워 올렸다.

놈들이 일정한 거리를 두고 자신들을 미행하고 있다는 것을 확인한 이후부터 철사홍과 주애청은 이따금씩 신속하게 경공을 펼쳐 종적을 감추었다.

그럼 미행을 하던 놈들도 그렇게 움직이며 종적을 드러낼 것이고 그놈들을 처치할 생각이었다.

평소보다 훨씬 긴 시간 경공을 펼친 오늘 드디어 놈들의 꼬리가 잡힐 모양이다.

“저쪽!”

철사홍이 더욱 작은 목소리와 함께 눈짓을 했다.

고개를 끄덕인 주애청이 신속히 옆으로 이동했다.

수풀이 우거진 곳이지만 발소리 하나 내지 않고 움직이는 그녀는 흡사 한 마리 표범 같았다.

휘익—

철사홍도 거대한 신형을 날려 아름드리나무 옆쪽으로 이동했다.

휘익—

일단의 무리들이 숨이 턱에 차도록 경공을 펼치며 날아왔다.

“젠장!”

단옥수(斷玉手) 구양국(具洋局)은 역정을 터뜨리며 속도를 늦추었다.

그를 따라 다른 사내들도 경공을 멈추었다.

또다시 종적을 놓쳐 버린 것이다.

이렇게 되면 예상 도주로를 추측하고, 부하들을 나누어 추적시켜 놈들의 행적을 파악한 후 나중에 다시 모으는 복잡한 절차를 거쳐야 한다.

이곳은 지형상 여러 방향으로 길이 갈라지는 곳이라 그 각각의 곳으로 부하들을 모두 보내야 한다.

"놈들이 눈치 챈 게 확실하군요? 그럼 앞으로 계속 피곤해
지겠는데요."

부하 오조민(吳朝閔)이 입맛을 다시며 말했다.

"망할!"

"구양국은 앞으로 뻗은 몇 갈래의 길을 쳐다보며 다시 역
정을 토했다.

최근 들어 이런 식으로 몇 번 종적을 놓쳤다가 따라잡았다.
그리고 오늘은 놈들이 다른 때보다 훨씬 긴 시간 동안 극쾌의
경공을 펼쳤고 거의 놓친 것 같았다.

"휴우―"

구양국은 긴 한숨을 토했다.

그나마 행로를 따라잡으면 다행이지만 완전히 놓쳐 버려
다른 조직에 넘기게 되면 자신은 문책을 피할 수 없다.

"지도를 가져와!"

구양국은 신경질적으로 고함을 질렀다.

"그럴 필요까지 있을까?"

뒤쪽에서 굵은 목소리가 들려왔다.

"뭐가 어째?"

구양국은 잡아먹을 듯한 눈으로 뒤쪽에 있는 부하들을 쳐
다보았다.

부하들은 모두 놀란 눈을 부릅뜨고 있었다.

목소리의 주인은 부하가 아니었다.

이제껏 자신들이 쫓던 덩치가 철탑만 한 사내였다.

그 사내가 아름드리 소나무 뒤에서 모습을 드러냈다.

저런 덩치로 어떻게 저 소나무 뒤에 몸을 다 감출 수 있었는지 신기할 정도였지만 사내는 감쪽같이 자신들의 이목을 속였다.

한마디로 말해 그만큼 고수라는 말이었다.

쨍!

가까이 있던 부하들이 반사적으로 병기를 뽑으며 대치했다.

'좋지 않군!'

구양국은 눈살을 찌푸렸다.

상부의 명령을 받고 무조건 추적만 하였기에 정체를 알 수 없었다. 하지만 그간 놈들이 펼치는 경공을 보며 대단한 고수일지 모른다는 한 가닥 경각심을 가졌다. 그래서 더욱 조심을 했는데 결국 역습을 당하게 되었다.

'이젠 어쩐다?

구양국은 짧은 갈등에 휩싸였다.

추적만 하라고 했지, 마주치면 어떻게 하라는 지시는 받지 못했다.

하지만 더 이상은 그런 갈등이 필요없게 됐다.

휘익—

철사홍의 신형이 쭈욱 늘어나며 뒤쪽의 부하들을 향해 덮

처들었다.

휘리릭—

구양국의 부하 두 명이 바람처럼 검을 휘둘렀다.

얼핏 철사홍의 신형이 부하들의 검에 걸린 것 같았다.

그런데 검을 휘두른 부하들의 몸에서 먼저 피가 튀었다.

"크윽!"

"큭!"

두 명의 부하가 비명을 지르며 바닥으로 굴러 내렸다.

'쾌검?'

구양국은 눈을 부릅뜨며 철사홍의 손을 쳐다보았다.

쇄도할 때처럼 아무것도 들고 있지 않았다. 그런데도 부하들은 검상을 입고 쓰러졌다.

철사홍은 절정의 쾌검을 펼치고 다시 검을 검갑에 집어넣은 것이다. 그러나 구양국은 철사홍이 검을 뽑는 모습은 물론, 검을 다시 검갑에 집어넣는 모습도 보지 못했다.

좋지 않은 정도가 아니라 저승 문턱에 선 것이다.

"후퇴!"

구양국은 짤막한 고함과 함께 급히 몸을 돌렸다.

"그렇게는 안 되겠네요."

장난스런 목소리와 함께 주애청이 생글거리며 나타났다.

구양국은 아차! 하는 심정이 되었다.

자신이 추적하던 사람은 일남일녀였다.

그런데 철사홍의 무위에 압도되어 여인의 존재는 까맣게 잊고 있었던 것이다.

그녀 역시 사내와 비슷한 수준의 경공을 펼치고 있었다는 것도 이제야 떠올랐다.

"하앗—"

아무리 그래도 여자 쪽이 약할 것이란 생각을 한 구양국은 주애청을 향해 쏘아졌다. 그 옆으로 부하 오조민도 같이 쏘아졌다.

"내가 그렇게 쉬운 여자로 보여?"

주애청이 눈꼬리를 치켜 올리며 주먹을 모았다.

휘익—

주먹이 가슴에 다 모여지기도 전에 주애청의 신형은 사내들을 향해 쏘아졌다.

쌔액—

구양국과 오조민의 검이 쾌속하게 주애청의 가슴과 허리로 날아들었다.

휘이익—

주애청의 몸이 팽그르르 회전하며 두 개의 검을 동시에 흘려 버렸다.

허공을 가른 구양국의 검이 다시 어지럽게 날아들었다. 그 옆으로 오조민의 검도 아까보다 더 복잡한 초식으로 날아들었다.

"하앗—"

회전하던 신형을 세운 주애청이 기합성과 함께 쾌속하게 주먹을 뻗었다.

크기는 작았지만 그 주먹에 어린 기운은 남자들보다 더 무지막지해 보였다.

까앙—

먼저 오조민의 검이 휘청 튕겨 올랐다.

퍼억—

빈틈이 드러난 오조민의 갈비뼈 어림으로 주애청의 다른 주먹이 파고들었다.

'베었다!'

오조민이 당하는 사이 구양국은 검을 내리쳐 주애청의 어깨를 비스듬히 잘랐다. 어쩐지 주애청은 피하지 않았다.

'웃어?'

어깨에서 심장까지 잘렸는데도 주애청은 예쁘게 웃고 있었다.

무언가 잘못됐다는 생각이 뇌리를 스치는 순간 구양국은 검을 든 손이 허전함을 느꼈다.

구양국의 검은 자신도 의식하지 못하는 사이 철사홍의 검에 잘려 나간 것이다.

'언제?'

의문을 길게 음미할 새도 없이 철사홍의 검신이 구양국의 목을 두드렸다.

구양국은 저만치 튕겨나며 통나무처럼 나뒹굴었다.

질풍처럼 달려와 주애청을 도운 철사홍은 도주하려는 구양국의 부하들을 향해 쏘아졌다.

파앗—

검광이 파랗게 뿌려지며 구양국의 부하 두 명이 한꺼번에 베어졌다.

"하앗!"

철사홍을 따라 몸을 날린 주애청도 주먹을 뻗으며 옆으로 도망치려는 사내들을 덮쳐 갔다.

짧은 파육음이 터지며 한 사내가 무너졌다.

"넌 저 두 놈이나 지켜!"

철사홍이 주애청을 보고 고함을 질렀다. 그러면서도 그는 또 한 사내를 베어 넘기고 있었다.

"한 시진 안에는 못 깨어나요."

구양국과 오조민을 한번 쳐다본 주애청이 이번에는 두 주먹을 동시에 뻗었다.

퍼퍽!

주먹에 가격당한 두 사내가 피를 토하며 쓰러졌다.

"하앗—"

철사홍의 검에 다시 세 사내가 순식간에 쓰러지며 싸움은 끝이 났다.

철사홍은 피식 웃으며 주애청을 쳐다보았다.

저 작은 주먹에 사내들 여러 명이 쓰러져 뒹구는 모습이 기막혔던 것이다.

몸속의 천형을 떨쳐 내려면 적수공권으로 펼치는 무공이 제격이라고는 하지만 여인이 주먹질을 하며 남자들을 두들겨 패는 모습은 아무리 봐도 안 어울렸다.

그런 면에서는 차라리 검이 더 나을 것 같았다.

주먹으로 우악스럽게 사내들을 두들기는 모습보다는 낭창거리는 모습으로 춤을 추듯 검을 휘두르는 것이 훨씬 낫겠다는 생각이 들었다.

'아무리 봐도 나하고 바뀐 것 같아!'

철사홍은 속으로 입맛을 다셨다.

"왜 그래요, 사형? 또 내가 초식을 잘못 펼친 건가요?"

주애청이 자신의 주먹을 보며 눈살을 찌푸렸다.

"아니다. 너무 완벽하게 펼쳐서 탈이지."

철사홍은 고개를 저으며 얼굴에 떠오른 고소를 지웠다.

"이젠 저놈들 정체가 뭔지 알아보도록 하자."

"짐작대로 도천극의 졸개들이 맞을 거예요."

주애청이 다시 눈꼬리를 사납게 하며 철사홍의 뒤를 따랐다.

주애청의 팔꿈치에 갈비뼈를 가격당한 오조민과 철사홍의 검신에 목을 가격당한 구양국은 아직 정신을 차리지 못한 채 쓰러져 있었다.

철사홍은 먼저 오조민을 깨웠다.

신음과 함께 정신을 차린 오조민은 화들짝 놀라며 반사적으로 검을 뽑으려 했지만 검은 쓰러질 때 바닥에 떨어뜨려 빈 검갑만 만져졌다.

검이 없는 것을 확인한 오조민은 튕기듯 몸을 일으켰다.

턱!

철사홍의 커다란 손이 오조민의 어깨를 잡았다.

오조민의 신형은 무른 논둑으로 말뚝이 꽂혀들 듯 도로 주저앉았다.

"으윽!"

오조민은 마침내 신음을 토했다.

바닥에 완전히 주저앉았는데도 철사홍의 손이 계속 어깨를 누르니 어깨가 내려앉고 등뼈가 굽을 지경이었다.

그 상태에서 철사홍이 입술을 움직였다.

"네놈들 정체는?"

"……"

질문에 대답하지 않자 철사홍은 손바닥에 좀 더 힘을 주었다.

오조민은 어깨가 급격히 한쪽으로 내려앉는 기분에 입을 딱 벌렸다.

고문도 아니었다.

그냥 못 일어서게 잡은 어깨에 그대로 힘을 준 것뿐인데 워낙 철사홍의 힘이 세다 보니 그것이 곧바로 고문으로 다가왔다.

"정체는?"

철사홍이 다시 물었다.

"모른… 으윽!"

대답을 거부하려던 오조민이 신음을 토했다. 내리 누르기만 하던 철사홍의 손이 어깨를 움켜쥐었기 때문이다.

"정체도 모르면서 왜 우릴 쫓는단 말이냐? 그건 말이 안 되지."

철사홍은 다시 손아귀에 힘을 주었다.

"크으윽!"

오조민은 신음을 넘어선 비명을 토했다. 어깨를 파고드는 철사홍의 손가락이 흡사 쇠갈고리 같아 순식간에 어깨뼈를 부수고 팔마저 끊어버릴 것 같았다.

"정체는?"

철사홍은 다시 질문했다.

오조민은 이를 딱딱 부딪치면서도 입을 열지 않았다.

"사형, 이놈은 그냥 포기하고 저놈에게 물어보죠."

주애청이 나섰다.

"포기…? 어떻게?"

"그냥… 죽여 버리세요."

주애청이 대수롭지 않게 말하며 구양국 쪽으로 시선을 돌렸다.

"그렇지. 그래야겠지?"

철사홍이 오조민의 어깨를 잡았던 손을 떼고 검을 빼 들었다. 그사이 주애청은 구양국의 신형을 당겨왔다.

"마, 말하겠소!"

철사홍이 검을 뽑자 오조민은 서둘러 굴복했다. 그런 오조민을 보며 철사홍은 눈살을 찌푸렸다.

도천극의 부하가 이 정도로 쉽게 굴복을 한다는 것이 뭔가 거슬렸다.

"우리는 추혼곡(追魂谷)의 사람들이오."

"추혼곡?"

"그렇소. 산서성의 추혼곡에서 왔소."

"그곳이 뭐 하는 곳인가요?"

이번에는 주애청이 끼어들었다.

"청부살인… 그러니까 살수 조직이야."

철사홍이 소태 씹은 표정으로 말했다.

예상대로 이놈들은 도천극과는 직접적으로 상관이 없는 놈들이었다.

"살수 조직이라면……? 우릴 죽이라는 청부를 받았다는 말인가요?"

주애청이 어이없는 표정으로 다시 물었다. 아무리 외롭게

떠도는 처지라 해도 이런 자들에게 당할 자신들이 아니었다.

"우린 그냥 추적만 하고 수시로 보고를 하라는 임무만 받았습니다."

"망할!"

더 이상은 심문이 필요없다는 듯 철사홍이 역정을 토했다.

"교활한 놈! 전혀 상관없는 놈들을 내세워 행적만 파악하게 하고 있어. 아마도 다른 조직들도 몇 개 더 따르게 했을지도 모르지."

철사홍은 근처에 있는 나무를 걷어찼다.

우지끈—

어른의 허벅다리만큼 굵은 나무 한 그루가 허리를 꺾으며 기우뚱 중심을 잃었다.

그것을 본 오조민의 눈이 공포에 질렀다.

"또 어떤 조직이 관여했나요?"

주애청이 표독스런 표정으로 물었다.

"일, 일단은 우리밖에 없소. 우리가 실패하면 그 즉시 다른 조직이 임무를 이어받게 될 것이오. 우리도 그렇게 임무를 맡았소."

이젠 완전히 바닥에 드러누운 나무를 보며 오조민이 질린 표정과 함께 답했다.

"피곤하게 생겼군."

철사홍은 쓴 입맛을 다셨다.

이놈들은 아무리 많이 잡거나 죽여 봤자 소용이 없다. 자신들이 누굴 쫓는지도 모르고, 왜 죽는지도 모르고 죽을 놈들이었다.

"이젠 어떡하죠?"

주애청도 난감한 표정을 하며 철사홍을 쳐다보았다.

꼬리를 확실히 못 자르고 이처럼 자신들의 행적이 낱낱이 드러난다면 아버지를 만나는 것도 힘들 뿐 아니라 만난다 하더라도 위험한 국면으로 빠져들 것이다.

"이놈들을 떨칠 방법은… 전혀 예상 못한 방향으로 움직이는 수밖에 없는데……."

"그건 안 돼요. 그렇게 하면 적아나 백호가 서로의 냄새를 빠뜨릴 거예요. 그럼 지금까지 해왔던 모든 고생들이 수포로 돌아가요."

주애청이 울상을 지었다.

"알았다. 놈들은 오늘처럼 오는 족족 처치하며 조금 빠르게 이동하도록 하자. 그리고 시간을 갖고 놈들을 떨칠 방도를 마련해 보자."

철사홍은 주애청을 달래며 긴 한숨을 내쉬었다.

第四十章
영화전장(榮華錢莊)

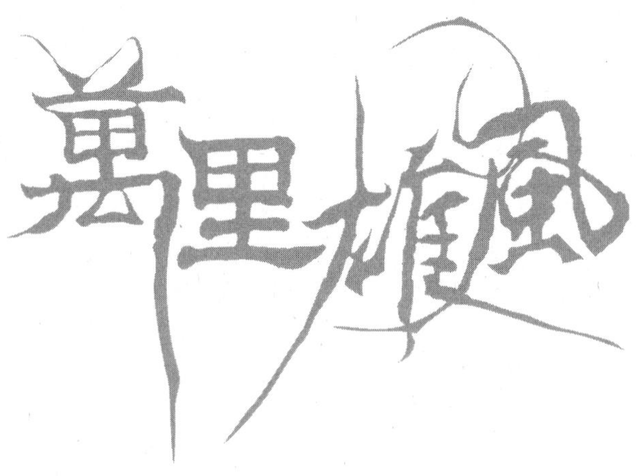

유진룡이 항주에 도착할 때쯤에는 봄이 무르익다 못해 녹아내리고 있었다.

배를 타고 곧장 왔다면 훨씬 빨리 도착했을 터이지만 백호와 흑웅 때문에 주로 산길을 이용하고, 때때로 그들과 만나기 위해 밤이 될 때까지 이동을 멈추고 기다리기까지 하다 보니 몇 배는 늦게 당도하게 되었다.

이런 상황을 예상했기에 동굴을 나서는 순간 두 녀석들을 풀어주려 한 것인데 놈들은 말을 듣지 않고 자신을 따라다니고 있었다.

놈들은 주애청을 만난 후라야 제 갈 길을 갈 모양이었다.

"휴우— 덥다!"

항주가 내려다보이는 고갯마루에 올라선 유진룡은 죽립을 부채 삼아 더위를 날려 보냈다.

날씨가 덥기는 했지만 유진룡의 이마에서는 땀 한 방울 흐르지 않았다.

몸에 축적된 두터운 내력이 한서불침(寒暑不侵)의 작용을 하여 더위는 느껴도 그것이 몸 안으로 파고들어 땀을 흘리게 하지는 못했다.

"소주 못지않은 곳이구나!"

몇 번의 부채질로 더위를 식힌 유진룡은 항주의 정경을 내려다보며 감탄을 토했다.

태호를 끼고 발전한 소주와 마찬가지로 이곳 항주 역시 서호를 끼고 발전했기에 공통점이 많았다.

호수 주변으로 늘어선 건물들과 배가 닿을 수 있는 선착장, 그 선착장 주변으로 그림처럼 떠 있는 화선(畵船)들은 소주와 많이 닮은 것 같았다.

그러나 같은 부모 밑에서 태어난 형제끼리도 다른 점이 있듯이 이곳 항주는 소주와는 또 다른 정경과 향취를 풍기고 있었다.

유진룡은 한참 동안 항주의 정취를 만끽하며 앉아만 있었다.

"그런데 이놈들은 잘 따라오는지 모르겠구나."

유진룡은 허공을 올려다보았다.

이따금씩 보이던 흑응은 어디 사냥이라도 갔는지 보이지 않았다.

흉물스런 백호 놈은 그동안 아예 코빼기도 보이지 않았다. 그러나 따라오는 것은 분명했다. 저 멀리서 놀란 산짐승들이 혼비백산 달아나는 모습도 보였고, 어떤 때는 비명 소리도 들렸다. 그건 백호가 먹이를 사냥했기 때문이었다.

"후우욱!"

유진룡은 호각을 꺼내 길게 바람을 불어 넣었다.

처음에는 전혀 들리지 않던 호각의 진동음이 요즘 들어서는 조금씩 들리기 시작했다.

인간의 청각으로는 듣기 힘든 파장의 소리였지만 자주 불며 귀에 적응하다 보니 조금씩 들리기 시작한 것이다.

삐이익!

모습이 보이지 않던 흑응이 허공에서 선회했다.

유진룡은 손을 한 번만 흔들어주었다.

흑응은 한 번 더 울음을 토한 후 저 멀리 사라졌다.

그렇게 손을 한 번만 흔들어주면 흑응은 유진룡의 위치를 파악하고 사라져 버린다. 반면 유진룡이 팔을 옆으로 뻗어 움직이지 않고 있으면 흑응은 쏜살같이 내려와 어깨나 팔에 내려앉았다.

"저놈이 왔으니 백호도 어딘가에서 지켜보고 있겠지?"

유진룡은 피식 웃음을 흘렸다.

백호 놈은 아무리 불러도 그간 한 번도 오지 않았다. 그건 마치 자신의 일은 주애청의 소재를 찾는 것이지 유진룡을 따라다니는 것이 아니라고 시위라도 하는 것 같았다.

모습을 드러내든 말든 상관없었다.

가까이 와봐야 노린내만 풍겼고 신경만 쓰였다. 근처를 따라다니다가 주애청의 소재만 찾아주면 놈의 할 일은 끝난다. 그땐 억지로라도 제가 태어난 곳으로 쫓아보낼 것이다.

부스럭!

상념에 잠긴 유진룡의 뒤쪽에서 갑자기 발자국 소리가 들렸다.

유진룡은 튀듯이 몸을 일으키며 백호십이수를 펼칠 자세를 잡았다.

기세를 감추고 이만큼 접근할 수 있는 자라면 보통 고수가 아니었다.

금방이라도 바람처럼 날아갈 자세를 잡았던 유진룡은 기막힌 표정을 하며 어깨를 늘어뜨렸다.

백호였다!

그놈이 어슬렁거리며 숲에서 기어나오고 있었다.

별 조심을 하지 않고 걸음을 옮기는 것 같은데도 놈의 발자국 소리는 가까이 와서야 미세하게 들렸다. 그 외 다른 기척은 거의 느껴지지 않았다.

저놈이 마음먹고 숨어서 다가와 공격을 한다면 바로 등 뒤에 나타나서야 낌새를 차릴 수 있을 것 같았다.

인간이 아무리 뛰어나다고 해도 그런 능력에서는 맹수나 다른 짐승에 비해 걸음마 수준이란 걸 유진룡은 또 한 번 절감했다.

'그건 그렇고… 이놈이 웬일이지?'

유진룡은 눈 사이를 좁히며 백호의 전신을 살폈다.

소주에서 정가장으로 가는 도중에 한 번 만난 후, 그동안은 아무리 호각을 불러도 모습을 드러내지 않았던 놈이었다. 그런 놈이 이렇게 순순히 모습을 드러낸 것은 짙은 의구심이 들게 했다.

'죽을 때가 된 것인가?'

유진룡은 더욱 자세히 백호의 모습을 살폈다.

사람이나 짐승이나 죽을 때가 되면 철든 행동을 한다고 했다. 그래서 뭔지 의기소침한 백호의 지금 모습은 그런 걱정까지 들게 했다.

백호는 유진룡 바로 앞에까지 다가와 엉덩이를 땅에 붙이고 앉아 하품을 했다.

'이놈이?'

겨우 하품을 한번 하려고 이렇게 모습을 드러냈단 말인가 하는 어이없는 생각이 든 유진룡은 도끼눈을 떴다.

그런데 하품을 마친 놈이 입을 다물지 않고 그대로 앉아 있었다.

유진룡은 눈살을 찌푸리며 안력을 조금 높였다.

피식!

마침내 유진룡은 고소를 흘리고 말았다.

안력을 돋우며 찬찬히 살펴보자 놈의 송곳니 안쪽에 짐승의 뼈가 하나 깊이 박혀 있었다.

처음에는 제법 긴 뼈였을 법한데 놈이 용을 쓰며 부러뜨렸는지 그 부러진 부분이 입천장 위로 손톱 끝만큼 드러난 상태로 박혀 있었다.

그건 인간의 손으로도 그냥은 빼기 힘들어 보였다.

소도를 이용하여 제법 힘을 주며 씨름을 해야 겨우 빠질 것 같았다. 그러니 놈이 아무리 영물이라도 속수무책일 수밖에 없어 모든 자존심을 다 팽개친 채 유진룡 앞에 모습을 드러내고 주저앉은 것이다.

'너 오늘 잘 만났다.'

유진룡은 속으로 대소를 터뜨렸다.

원숭이도 나무에서 떨어질 때가 있다더니 이놈이 지금 그랬다.

그동안 온갖 음흉을 떨며 신경을 건드린 대가를 치르게 해줄 기회가 온 것이다.

"냄새난다, 이놈아! 어서 입 닫아!"

유진룡은 고함과 함께 손바닥으로 백호의 턱을 거세게 쳐올렸다.

덜컥!

제법 큰 소리가 나며 백호의 입이 닫혔다.

세차게 닫힌 턱으로 인해 고통이 느껴지는지 백호는 몸에 묻은 물을 털듯이 고개를 몇 번 흔들고는 다시 입을 벌렸다.

유진룡은 슬쩍 고개를 돌리며 평소 백호가 즐겨하던 대로 먼 산을 쳐다보았다.

“햐— 정말 날씨가 좋구나. 이런 날은 만사 제쳐 놓고 호숫가에서 물놀이가 제격이겠구나.”

유진룡은 계속 딴청을 부리며 무르익은 봄의 정경을 감상했다.

크르르—

기다리가 못해 백호는 마침내 낮은 표효를 토했다.

“얼씨구! 납작 엎드려 싹싹 빌어도 될까 말까 한데, 협박을 해?”

유진룡은 인상을 쓰며 마주 고함을 질렀다.

이번에는 백호가 눈을 내리며 먼 산을 쳐다보았다. 아쉬운 처지에 마주 눈싸움을 할 수 없었던 것이다.

천하의 영물인 백호가 조그만 뱃조각 하나 때문에 이런 처량한 신세로 전락한 것을 보며 유진룡은 속으로 한참 웃었다.

“아침도 굶었더니 배가 등가죽에 붙었구나. 이럴 때는 노루나 한 마리 구워 먹는 게 최곤데……”

유진룡은 배짱을 튕기며 낙엽 위에 드러누웠다.

"어?"

유진룡은 눈을 크게 떴다.

유진룡의 등이 땅에 닿기도 전에 백호의 모습은 바람처럼 사라져 버렸다.

"푸하하!"

유진룡은 참았던 웃음을 토해냈다.

부스럭!

사라진지 채 두 식경도 되기 전에 미세한 발자국 소리가 들리며 백호가 제법 큰 노루 한 마리를 물고 나타났다.

유진룡은 귀신같은 놈의 사냥 솜씨에 혀를 찼다.

자신도 등 뒤에까지 접근해서야 겨우 기척을 알아차릴 수 있는 정도이니 노루라고 별다르지 않을 것이다. 그러니 꼼짝없이 잡혔을 것이다.

"쫀쫀한 놈 같으니라고……. 이왕이면 다 자란 놈을 잡아올 것이지, 이런 작은 놈을 잡아와서 어디 배나 채우겠느냐?"

한 끼 식사로는 넘칠 정도였지만 백호의 기를 세워주고 싶지 않은 유진룡은 괜한 투정을 하며 허리춤에서 소도를 꺼냈다.

그것은 백호에게 처음 업혀가던 날, 놈의 등에서 탈출하기 위해 눈을 찌르려고 하다가 흑웅에게 탈취를 당한 것이었다.

그때를 생각하면 절로 감개가 무량했다.

"어서 입을 벌려라!"

소도를 쳐다보며 잠시 옛 기억을 떠올렸던 유진룡은 백호에게 고함을 질렀다.

백호는 천천히 입을 벌렸다.

"아프더라도 좀 참아라. 워낙 깊이 박혀서 살을 제법 많이 찢어야 되겠다."

유진룡이 잔뜩 겁을 주자 백호는 움찔거리며 고개를 뒤로 뺐다.

"너 호랑이 맞냐?"

기막힌 표정을 지은 유진룡은 백호가 머리를 움직이지 못하도록 송곳니를 강하게 붙잡았다.

놈의 송곳니는 어른의 가운데 손가락보다 굵고 길었다.

유진룡은 조심스럽게 소도를 움직여 뼈가 박힌 입천장 속으로 찔러 넣었다.

으릉―

백호가 신음을 토했다.

자존심 강한 놈이 백기를 들고 유진룡에게 오기 싫어서 발톱으로 얼마나 용을 썼는지 그곳은 심하게 헐어 있었다. 그래서 조금만 자극을 주어도 큰 고통을 느낄 수밖에 없을 지경이었다.

'지나가는 사람들이 이 꼴을 봤으면……'

멀쩡하게 살아 있는 황소만 한 호랑이의 송곳니를 붙잡고 그놈 입안에다 칼질을 하고 있는 웃기지도 않는 상황에 고개를 흔든 유진룡은 조심조심 소도를 움직였다.

마침내 뼛조각이 손에 잡힐 만큼 빠져나왔다.

유진룡은 소도를 치우고 손으로 뼛조각을 잡고 강하게 잡아당겼다.

찐득! 하는 느낌과 함께 뼛조각이 빠져나왔다.

뼛조각은 생각보다 더 길었다. 아마도 유진룡의 흔적을 놓치지 않기 위해 급히 먹다가 찔린 모양이었다.

뼛조각이 빠지자 백호는 혀를 내밀어 그곳을 몇 번이나 핥으며 더 이상 시원할 수 없는 몸짓을 했다.

"상처를 좀 보자."

유진룡이 고개를 내밀자 백호는 더 이상 볼일 없다는 듯 안면을 몰수했다.

"상처가 덧나면 지금보다 훨씬 아프고, 잘못해서 곪으면 송곳니조차 왕창 빠져 내린다, 이놈아!"

유진룡은 겁을 주며 품속에서 약병을 꺼냈다.

그것은 사부 천산마존이 터진 유진룡의 얼굴에 발라주었던 소의 침같이 끈끈한 물약이었다.

"어서 입을 벌려보아라. 이건 사부께서 주신 약이니 효력은 의심하지 말고."

사부의 약이란 말에 백호는 천천히 입을 벌렸다.

유진룡은 손바닥에 약을 붓고 그것을 새끼손가락에 묻혀 상처 속과 상처 주위에 몇 번이나 발라주었다. 무엇에 맞아 터진 상처는 아니었지만 같은 외상이니 효력이 있을 터였다.

약을 바르고 조금 지나자 백호는 한결 편한 눈빛을 했다.

"자, 이젠 점심을 먹기로 하자."

유진룡은 소도로 노루를 손질했다.

손질을 마친 유진룡은 호각을 꺼내 흑응을 불렀다.

잠시 뒤 흑응이 쏜살같이 백호의 등에 날아 내렸다.

"이렇게 같이 식사하는 것도 오랜만이구나."

유진룡은 보드라운 살을 흑응과 백호에게 잘라주며 자신의 몫도 꼬챙이에 꿰어 모닥불 위에 익혔다.

입천장을 다친 백호가 빨리 먹지를 못해 익은 고기를 유진룡이 다 먹을 때까지 세 사람, 아니, 두 동물과 한 사람의 기이한 식사 장면이 한참 동안 이어졌다.

"이젠 다시 헤어지기로 하자!"

모두 배부르게 먹고 난 후 유진룡은 몸을 일으켰다.

휘익—

유진룡이 다 일어서기도 전에 백호는 몸을 날려 사라져 버렸다.

"웃기지도 않는 놈 같으니라고……."

백호가 순식간에 자취를 감춘 수풀 쪽을 보며 쓴웃음을 흘린 유진룡은 흑응도 허공으로 날렸다.

흑웅 역시 순식간에 구름 위로 사라져 버렸다.

휘익―

내력을 불끈 끌어올려 경공을 펼친 유진룡의 신형도 그 자리에서 꺼지듯이 사라졌다.

산에서 내려와 항주의 성시로 들어선 유진룡은 영화전장의 지부를 찾았다.

그때 의뢰를 하며 닷새 후에 찾으러 오라는 말을 들었지만 시간은 한참 더 지났다. 하지만 그 정보는 일 년 동안 유치된다고 했으니 그건 문제가 아닐 것이다.

문제는 영화전장의 지부가 어디 있는지 아는 사람이 없다는 것이었다.

소주, 아니, 무석 인근에 있던 그곳도 허름해서 무엇 하나 제대로 할 것 같아 보이지가 않았다. 그러니 이곳 역시 마찬가지일 것 같았다. 그래서 그런지 아는 사람이 거의 없었다.

"혹시 사기당한 것은 아닐까?"

한참 더 수소문해도 아는 사람이 없자 그런 생각마저 들었다.

'같은 업종끼리는 아무래도 교류가 있겠지?'

그런 생각을 떠올린 유진룡은 인근의 큰 전장으로 향했다.

그곳은 금성전장(金城錢莊)이란 간판이 걸려 있었다.

유진룡은 그곳에서 영화전장의 지부를 물었다.

처음에는 반갑게 맞던 중년인이 약간 시큰둥한 표정을 지었다. 그는 알이 두꺼운 안경을 쓰고 있었다.

"그곳은 왜 찾으시나?"

중년인은 뚱한 목소리로 물었다.

"다른 곳에서 물건을 맡기고 이곳에서 받을 생각이었는데, 도저히 찾을 수가 없어서……."

유진룡이 간단히 사정을 설명했다.

"그럴 것이네. 그곳은 있는 듯 없는 듯 존재하는 곳이니까."

중년인은 고개를 끄덕였다.

"있기는 있는 모양이군요?"

유진룡은 약간 반가운 표정을 지었다.

"전장이라는 간판은 걸려 있지만 대체 무슨 거래를 하는지 알 수가 없는 곳이네. 다른 전장들과 교류도 거의 없고, 찾아오는 손님도 반 이상은 돌려보내니 한 번 거래했던 사람은 다시 찾지 않는다네. 그런데도 망하지 않고 있는 것을 보면 참 용하기도 하지……."

중년인은 묻지도 않은 것까지 설명을 해주었다.

"그런데 자네는 어쩌다 그곳과 거래를 텄는가?"

중년인이 안경 너머로 유진룡을 쳐다보았다.

"가까운 곳에 있는 곳을 찾다 보니 그곳을 이용하게 되었는데… 저도 처음입니다."

"역시 그렇군. 그래도 용케 자네는 문전박대를 당하지 않은 모양이군."

중년인은 피식 미소를 지은 후 그곳의 위치를 알려주었다.

금성전장을 나와 걸음을 옮기면서 유진룡은 무석에 있던 영화전장을 떠올렸다.

그곳에서 자신은 한 가지 시험을 치렀다.

그곳을 알려준 사람의 이름을 대라는 주인의 말에 순순히 답을 해주었다면 거래를 하지 못하고 발길을 돌렸을지도 몰랐다.

끝까지 그것을 가르쳐 준 사람들의 이름을 대지 않자 주인은 거래를 트자고 했다.

"정말 궁금한 곳이군."

낮게 중얼거린 유진룡은 바쁘게 걸음을 옮겼다. 벌써 해가 서산마루로 넘어가고 있었다.

영화전장 지부는 금성전장에서 한 시진 정도 떨어진 외진 골목에 자리를 잡고 있었다.

무석에 있던 곳과 마찬가지로 이곳 역시 허름한 간판에, 먼지가 잔뜩 쌓여 있어 자세히 보지 않으면 글자도 알아보지 못할 것 같았다.

'이러니 찾기 힘들 수밖에!'

속으로 중얼거린 유진룡은 전장 문을 열었다.

"어?"

안으로 들어선 유진룡은 눈을 몇 번 끔벅거렸다.

실내의 모습이 너무 낯익었다. 아니, 무석에 있는 영화전장을 그대로 옮겨놓은 것 같았다.

낡은 바닥과 바닥에 깔린 양탄자, 그리고 그 위에 놓인 탁자와 의자들까지 똑같았다.

유진룡은 이리저리 고개를 돌리며 실내를 살폈다.

아무리 봐도 그곳과 똑같았다.

한참 후에 다른 것이 보였다.

"어떻게 오셨는가?"

인기척을 듣고 나온 노인이 탁한 목소리로 물었다.

그 노인은 무석에 있던 사람이 아니었다.

"물건을 찾으러 왔습니다."

유진룡은 간단히 용건을 말했다.

유진룡의 대답에 시력이 나쁜 듯 한참 유진룡을 쳐다본 노인이 손을 내밀었다.

유진룡은 그것이 무얼 뜻하는지 몰라 눈만 끔벅거렸다.

"물건을 맡겼으면 보관증이나 의뢰서가 있을 것 아닌가?"

노인이 여전히 탁한 목소리로 말했다.

"아—"

고개를 끄덕인 유진룡은 무석의 영화전장에서 받은 쪽지를 내밀었다.

심드렁하게 쪽지를 쳐다보던 노인이 어느 순간 눈을 빛냈다. 그리고는 자세마저 달리했다.

그러자 이제까지의 다 꼬부라져 가던 모습은 사라지고 한 자루 칼같이 날카로운 기운을 뿜어냈다.

그 모습은 결코 노인이 아니었다. 노인으로 변장한 중년인이었다.

"총주(總主)님을 만나셨습니까?"

말투와 함께 탁한 목소리마저 중년인의 그것으로 변한 노인이 유진룡을 향해 질문을 던졌다.

"총주?"

유진룡은 눈만 끔벅거리다가 입을 열었다.

"무석에서 의뢰를 하고, 이곳에서 찾을 수 있다고 해서 온 것뿐입니다. 그런데 뭐가 잘못 됐습니까?"

"그런 게 아니라… 이 의뢰서를 가지고 오는 손님에게 특별대우를 하라는 총주님의 친서가 얼마 전에 도착했기에……."

노인은 설명과 함께 유진룡의 전신을 빠르게 훑었다.

"외모도 총주님이 설명한 대로군요."

노인은 고개를 끄덕이며 미소를 지었다. 그런 그의 표정에는 노인의 흔적은 완전히 사라져 있었다.

"변장을 하셨습니까?"

유진룡은 노인은 유심히 쳐다보며 말했다.

"영업상, 방침이지요."

노인은, 아니, 중년인은 깍듯한 말투로 수긍했다.

유진룡은 별 이상한 방침도 다 있다는 생각이 들었지만 그건 상관할 일이 아니었다.

"그런데 내 물건은……?"

"벌써 도착해 있습니다."

중년인은 가볍게 걸음을 옮긴 후 봉서 하나와 상자 하나를 내밀었다.

'이것도 벌써 도착했군!'

봉서와 함께 긴 상자를 받아든 유진룡은 입맛을 다셨다.

그것은 양혜란에게 부탁해서 이곳으로 보내라고 한 청룡검이 분명했다.

상자를 열어보니 청룡검은 자신이 감아놓은 천에 그대로 감겨 있었다.

빠르게 도착한 것은 좋았는데 이것을 다시 가지고 다니려면 적지 않게 불편할 것이었다.

자신이 검을 익혔으면 자연스럽게 차고 다닐 텐데 그렇지 않으니 차고 다니는 모습부터 어색했다. 그리고 싸울 때는 어디에 풀어놓아야 하는데 그것도 꽤나 신경이 쓰이는 일이었다.

"이걸 이곳에 좀 더 보관할 수 있습니까?"

철사홍의 행적을 파악하는 데 따른 잔금인 은자 오십 냥짜리 전표를 중년인에게 건넨 유진룡은 청룡검을 가리키며 물었다. 허름하고 비밀이 많은 곳 같았지만 어쩐지 믿음이 갔기에 맡겨도 좋을 것 같았다.

"물론이지요. 손님께는 무료로 보관해 드리지요."

중년인은 흔쾌히 답했다.

유진룡은 청룡검을 다시 맡겼다.

철사홍과 주애청의 소식이 궁금해 얼른 전장을 나오려던 유진룡은 문득 솟아오른 의문에 걸음을 멈추었다.

"그런데……?"

"말씀하시지요."

"아까 총주님을 만났느냐고 물었는데… 그 사람이 누군지요?"

"무석에서 손님께서 거래를 하신 분이 우리 영화전장의 총주인인 분이지요. 어디에 계시는지 우리도 알지 못하는데, 마침 그날 그곳에 들렀던 모양입니다."

중년인은 빙긋 미소를 지으며 답했다.

총주란 존재를 일컬을 때의 그 표정에는 깊은 존경심이 묻어났다.

"지부는 몇 개나 됩니까?"

총주인이란 말에 유진룡은 지부가 적지 않을 것 같다는 생각이 들었다.

"개방 분타만큼은 되지요."

중년인은 자부심 가득한 목소리로 답했다.

그건 무척 뜻밖이었다.

중원에 가장 넓고 많이 퍼져 있는 곳이 개방 분타일진대 이런 허름한 전장도 그만큼 퍼져 있다는 말이었다.

"정확히 하는 일이 무엇입니까?"

"그건 영업상의 비밀입니다."

중년인이 더욱 짙은 미소로 답했다. 어쨌든 단순한 전장이 아님은 분명했다.

'어디?'

내친김에 유진룡은 한 가지 시험을 해보기로 했다.

"이것을 잔돈으로 바꿔줄 수 있겠습니까?"

품속에 손을 넣은 유진룡은 얼마 전에 양혜란에게서 받은 은자 일만 냥짜리 전표를 내밀었다. 일만 냥이면 큰 전장에서도 비상이 걸릴 만한 금액이다.

잠시 전표를 쳐다보던 중년인은 방으로 들어갔다.

"진짜라는군요. 그럼 바꿔 드릴 수 있지요."

중년인은 빙글거리며 말했다. 무석에서처럼 벽속의 구멍을 통해 확인한 것 같았다.

"하지만 수수료가 있습니다."

"얼마입니까?"

"일 푼!"

"일 푼이면……?"

"은자 백 냥이지요."

중년인은 손가락 하나를 들어 올리며 말했다.

"꽤 비싸군요."

유진룡은 슬쩍 눈살을 찌푸렸다.

은자 일만 냥에 비하면 작은 돈이지만 일백 냥이면 보통 사람은 평생 동안 한 번도 못 만져 볼 만한 금액이다. 그 금액이 단지 돈을 바꾸는 수수료로 나간다는 말이다.

"현찰에서부터, 어떤 금액까지 모두 가능합니다. 그것도 지금 당장."

중년인은 자신있는 목소리로 답했다.

그것은 더욱 궁금증을 자아내게 했다.

큰 전장에서도 일만 냥을 당장 현금으로 바꿀 수는 없을 터인데 이런 허름한 곳에서 바꿀 수 있다는 것은 쉽게 믿어지지가 않았다.

'끝까지 한번 가보지.'

유진룡은 결심을 굳힌 후 입술을 움직였다.

"천 냥짜리 아홉 장, 백 냥짜리 아홉 장으로 바꿔주시오."

"역시… 총주님의 예상이 맞군요."

중년인은 고개를 끄덕였다.

"무슨 예상 말입니까?"

"손님은 우리 전장 역사상 제일 큰 고객이 될 것 같다는 예상 말입니다."

중년인은 무석에서 총주라는 사람이 말한 것과 똑같은 말을 하며 안으로 들어갔다.

유진룡은 도천극의 옥패에 그려진 그림의 정체를 이곳에서 알아보고 싶은 충동을 또 한 번 느꼈다.

하지만 그것은 무엇보다 은밀해야 할 일이고, 만박노조의 집으로 가는 길이니 그곳에서 알아보는 것이 우선이었다.

"여기 있습니다!"

잠시 후 주인은 유진룡의 요구대로 전표를 바꾸어주었다.

"정말 정체가 의심스런 곳이군."

고개를 흔든 유진룡은 천천히 전장을 빠져나왔다.

영화전장 지부에서 나온 유진룡은 객점의 방을 잡은 후, 저녁도 시키지도 않고 방으로 들어갔다.

저녁때가 훨씬 지났지만 주애청과 철사홍의 소식에 대한 궁금증이 더 컸다. 그것부터 읽어보고 저녁을 먹든지 말든지 할 생각이었다.

정보를 담은 봉서는 무척 두툼했다.

은자 백 냥짜리 의뢰이니 그럴 만도 하겠지만 한 사람의 소재를 밝힌 것이라면 단 한 줄의 글로도 가능했다. 그래서 더욱 궁금했다.

유진룡은 서둘러 봉서를 뜯었다.

봉서 안에는 뜻밖에도 책자 한 권이 들어 있었다.

유진룡은 서둘러 책자를 넘겼다.

첫 장에는 추풍신검 철사홍에 대한 신상 내력이 적혀 있었
다.

그것부터 관심을 고조시켰다.

유진룡이 철사홍에 대해서 알고 있는 것은 사부의 셋째 제
자라는 것과 도천극의 배반에 맞서 사부와 주애청을 구하고
지금은 주애청과 함께 사부를 찾아다니고 있다는 정도였다.

그러나 서책에는 그것 외에도 철사홍의 출신 배경과 외모,
신장, 성격, 무공 등에 관해서도 소상이 적혀 있었다. 그리고
뒷장에는 철사홍의 얼굴까지 자세하게 그려져 있었다.

그것만으로도 유진룡은 수많은 사람들 속에서 철사홍을
찾아낼 수가 있을 것 같았다.

"나보다 더 크군!"

철사홍의 신상 정보를 읽어 내려가던 유진룡은 그렇게 중
얼거리며 고개를 흔들었다.

자신도 컸지만 책자의 정보에 나타난 철사홍은 자신보다
반 뼘 정도는 더 크고, 체격도 더 두툼한 텁석부리 장한이었
다.

유진룡은 다음 장을 넘겼다.

"이건?"

그곳에는 한 여인의 얼굴이 그려져 있었다.

신상 정보를 읽어보지 않아도 누군지 알 수 있을 것 같았
다.

여인의 눈매와 입모습은 사부를 그대로 닮아 있었다.

비록 사부의 얼굴 반쪽은 불에 탄 듯 일그러져 있었지만 나머지 반쪽만으로도 충분히 알아볼 수 있었다.

"사부……."

여인의 얼굴에서 사부의 모습을 떠올린 유진룡은 잠시 서책에서 눈을 떼며 허공을 쳐다보았다.

사부가 초조한 얼굴로 자신을 내려다보고 있는 것 같았다.

"걱정 마십시오, 사부. 사부의 따님은 제가 꼭 구해내겠습니다."

재차 다짐한 유진룡은 주애청의 신상 내력에 관해서도 읽어 내려갔다.

그녀는 지금 철사홍과 대동하고 있는 여인이라는 설명과 함께, 신장과 성격, 무공 등에 대해서도 상세히 적혀 있었다.

마지막으로 그녀는 천산마존의 딸일 가능성이 높다는 추측도 적혀 있었다.

그것도 무척 놀랄 만했다.

사부가 마존이라는 악명을 얻은 것은 딸 주애청의 천형 같은 체질을 고치기 위해 분투한 때문이었다. 그리고 그 사실을 아는 사람은 거의 없는 것 같았다.

그렇다면 주애청의 존재에 대해서도 아는 사람이 없을 것 같았는데 이들은 그것까지 추측해 놓았다.

더 놀라운 것은 그들과 같이 다니는 늑대에 대해서도 적혀 있었다.

덩치가 송아지만 한 늑대였다. 아마 적아라는 놈일 것이다.

이놈도 이젠 어디서 마주치면 알 수 있을 것 같았다.

"은자 일백 냥이 하나도 안 아깝군!"

자신도 모르게 중얼거린 유진룡은 다음 장을 넘겼다.

그곳에는 철사홍이 이제까지 움직인 경로들이 간략한 지도 위에 선으로 그려져 있었다.

중간 중간에 점선도 있었는데 그것은 추측은 하지만 확인을 못한 곳이었다. 아마 그곳에서 철사홍과 주애청의 행적이 잠깐잠깐 사라진 모양이었다.

유진룡은 두 사람의 행적을 꼼꼼히 살폈다.

천산에서부터 청해, 감숙, 사천, 운남, 강서, 호남……. 그들은 온 중원을 주유하고 있었다.

사부의 예상대로 그들은 그렇게 도천극의 마수를 피하며 사부를 찾고 있는 것 같았다.

그리고 지금은 안휘성을 지나고 있었다.

"안휘성?"

유진룡은 그곳이 어딘지 가늠해 보았다.

나서부터 사부를 만날 때까지 소주 뒷골목에서만 살았기에 아는 곳은 소주밖에 없었다.

그러다가 무석을 들렀고 이곳 항주로 왔다. 그래서 그곳이 얼마나 먼 곳인지 거리감이 없었다.

단지 책자의 지도상에서 이곳 절강성과는 맞붙은 곳이라는 짐작만 가능했다.

"다행이군."

유진룡은 소주에서 이곳까지의 거리와 이곳에서 그들이 지나고 있는 합비(合肥)까지의 거리가 비슷하다는 것을 어림했다.

"그런데 점점 멀어지는군."

유진룡은 인상을 썼다.

진로를 따라 그린 선의 방향으로 봐서 철사홍은 지금 산동성으로 향하고 있었다. 그것은 자신이 소주에서 이곳으로 온 것과는 반대였다.

그들이 계속 그렇게 움직인다면 이곳에서 만박노조를 만나보고 다시 소주로 해서 산동성 쪽으로 달려가야 할 것 같았다.

그런 생각을 하니 마음이 급해졌다.

"휴우—"

유진룡은 긴 한숨과 함께 마음을 안정시켰다.

당장 하루 이틀 만에 만날 수 있는 사람들이 아니니 이왕 이곳에 온 김에 만박노조와 마웅탁은 만나보고 가야 했다. 또한 만박노조에게서 도천극의 정체를 알고 나야 대처가 더 용이할 것이다.

지금 그는 흑사련의 한자리를 차지하고 있지만 그건 드러난 모습일 뿐이다. 그의 세력은 따로 있는 것이다. 그 세력이 얼마나 큰지 대충이라도 파악하고 싶었다.

팔랑―

유진룡은 책자의 다음 장을 넘겼다.

그곳에는 그간 철사홍과 맞닥뜨린 사람들에 대해서 적혀 있었다.

처음에는 우연히 시비가 붙어 신세를 망친 사람이 대부분이었다.

철사홍처럼 이렇게 세상을 떠돌아다니는, 특히 예쁜 여자를 대동한 사람들은 시비를 피할 수가 없는 법이다. 그래서 시비가 붙고, 시비를 건 놈들은 하나같이 죽어 나자빠지거나 병신이 되었다.

그런데 뒤로 갈수록 조금 다른 양상이 보였다.

유진룡은 시선을 집중했다.

뒤로 갈수록 철사홍에게 죽어 나자빠진 사람들의 정체가 불분명했다.

'도천극!'

유진룡은 불식간에 그 이름을 떠올렸다.

모든 것이 사부의 예상과 맞아떨어지는 상황이었다.

모반이 일어남과 동시에 사부가 그동안 모은 영약을 모두 챙겨 사라져 버림으로 해서 도천극은 위기의식을 느끼고 사부의 흔적을 찾기에 혈안이 되어 있을 것이다.

누구보다 자신의 몸을 잘 아는 사부가, 챙겨간 영약들로 천적을 만들어내는 것이 그로서는 제일 바라지 않는 상황일 것이기에 그는 적아를 데리고 다니는 주애청과 철사홍이 사부를 찾아내기를 바라며 미행을 붙였을 수도 있다.

그렇다면 최근 철사홍에게 당한 신분을 알 수 없는 희생자들은 도천극의 부하일 가망성이 높았다.

유진룡은 그들에 대해 적어 놓은 내용을 꼼꼼히 살폈다.

어느 순간 유진룡의 눈이 빛을 뿜었다.

놈들의 숫자가 증가하고 있었다. 그리고 최근에는 그 증가세가 확연히 두드러졌다.

그건 도천극의 인내가 한계에 달하고 있다는 말이기도 했다. 그래서 많은 부하들을 풀어 두 사람의 종적을 좀 더 확실히 추적하며 언제든지 잡을 준비를 하고 있다는 말이었다.

'일이 예상보다 급하게 돌아가는 것 같군!'

내심 중얼거린 유진룡은 철사홍의 행로를 예상하며 자신이 따라붙을 때쯤이면 어디에 있을지 가늠해 보았다.

내일 당장 그들을 찾아 떠난다 해도 그때쯤이면 철사홍은 강소성 북단이나 산동성으로 접어들었을 것 같았다. 그나마도 그때까지 도천극의 마수가 뻗치지 않는다는 전제하에서 그랬다. 그전에 도천극이 그들을 덮치려 한다면 어떻게 진로가 바뀔지 몰랐다.

“휴우—”

유진룡은 한숨을 내쉬었다.

일단 그들과의 거리를 백 리 이내로만 좁히면 그다음부터는 백호나 흑웅이 찾을 수 있을 터인데 그때까지 별일이 없을지 걱정이 되었다.

“그동안 영화전장을 최대한 이용해야겠다.”

그런 생각을 하던 유진룡은 자신의 머리를 세차게 쥐어박았다.

영화전장에서 그들의 행적을 이렇게 세세히 찾을 수 있다면 그들에게 무슨 전갈을 보낼 수도 있는 것이다.

자신이 천산마존의 또 다른 제자임을 증명할 수 있는 확실한 증거를 제시하며 그들의 방향을 바꾸게 한다든지, 그러는 것이 도천극의 의심을 살 수 있다면 속도를 늦추게 할 수도 있는 것이다. 그것을 의뢰할 돈은 충분했다.

유진룡은 영화전장의 지부에 다시 들러볼 마음을 굳혔다.

“우선 읽던 것은 마저 읽고…….”

바빠진 마음을 다스리며 유진룡은 다음 장을 넘겼다.

다음 장에는 앞으로 예상 가능한 그들의 진로가 몇 줄기로 나누어 그려져 있었다.

정말 치밀한 조사라는 생각이 들었다. 그리고 아까 금성전장에서 들은, 한 번 거래를 해본 사람은 다시는 거래를 안 한다는 말과는 정반대로 한 번 제대로 거래를 한 사람은 영원한 고객이 될 수밖에 없을 것 같다는 생각이 들었다.

그다음 장에는 영화전장의 지부가 있는 곳이 빼곡히 적혀 있었다.

그건 어마어마한 숫자로, 개방 분타에 못지않을 것 같았다.

찌익—

유진룡은 그 장을 찢어 품에 간직했다.

그 장을 찢자 자동적으로 다음 장이 나타났다.

어떤가, 우리의 능력이? 돈이 아깝지 않지 않은가?

고객으로의 가치가 있는 사람에겐 우린 우리의 능력을 아낌없이 발휘한다네. 자넨 고객으로서의 가치가 충분히 있는 젊은 이였네. 차림새와는 달리 돈도 좀 있어 보였고…….

특히, 자네의 관상을 보아하니 처갓집이 억만장자일 가망성이 농후해 보였네. 우린 최선을 다해 자네나 자네 처갓집 돈을 긁어갈 생각이네.

그럼 앞으로도 잘해봄세.

서책의 끝장은 무석에서 만난 영화전장의 총주라는 중년인의 서신이었다.

유진룡은 자신도 모르게 헛웃음이 새어 나옴을 느꼈다.

겉보기로는 전장 같지도 않게 보이던 영화전장의 진면목은 엄청난 능력을 가진 정보 조직이었다.

이들은 어쩌면 개방의 능력을 뛰어넘을 것 같았다.

잘 이용하면 그만큼 덕이 될 테지만 만약에 잘못 이용하여 척이 지게 되면 자손대대로 발 뻗고 자기는 틀린 것 같았다.

만약 이들과 척이 질 소지가 있다면 무슨 일을 벌이기 전에 제일 먼저 이들부터 처부숴야 할 것 같다는 생각이 들었다.

'과연 이들의 진정한 능력이 어디까지인지 의심스럽군?

절로 그런 궁금증이 일었지만 지금 자신의 능력으로서는 알 수도 없었고, 알 필요도 없었다. 단지 이들이 적이 되지 않기를 빌며 앞으로 최대한 이용하면 되었다.

"그런데 뭘 보내야 철사홍이 의심하지 않고 단박에 내 존재를 믿을까?"

다시 한 번 영화전장에 의뢰를 맡길 작심을 하며 유진룡은 생각에 잠겼다.

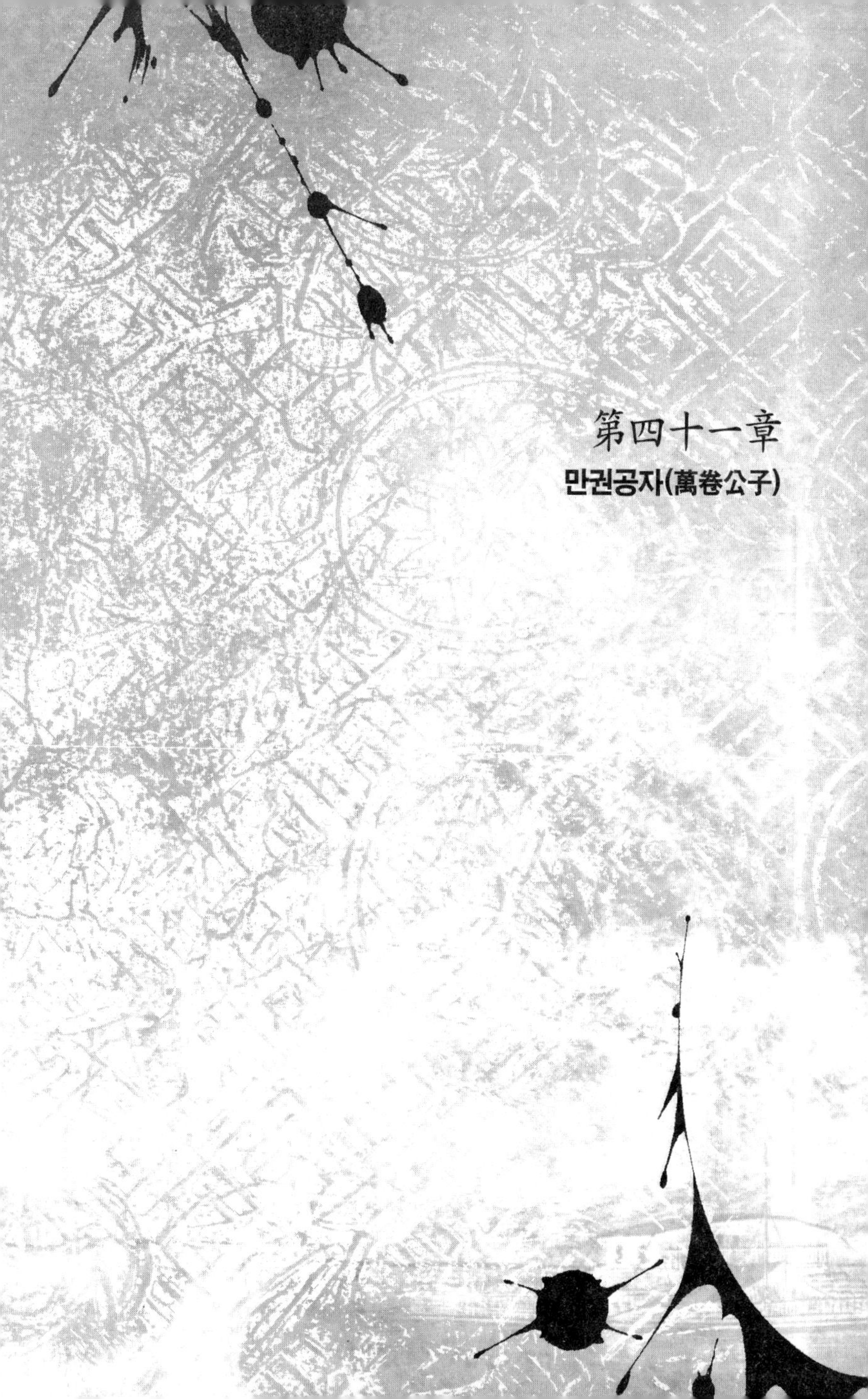

第四十一章
만권공자(萬卷公子)

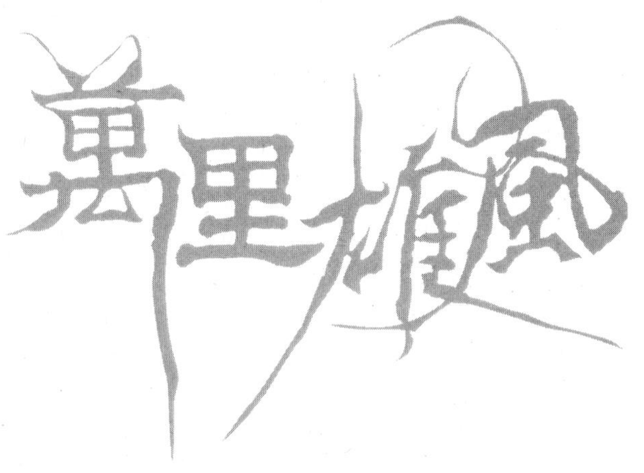

아주 오랜 옛날에 태양의 가문이 있었다.

대대로 현기막측한 오성을 타고난 그들은 한눈에 세상만사를 꿰뚫어 볼 만한 지혜를 갖추게 되었다.

이른바 태양천가(太陽天家)라 일컬어지던 그들은 세상의 가장 깊은 곳에 은둔하며 그들의 능력을 키워갔다.

그러나 양이 있으면 필연적으로 음이 생겨나는 법!

그들의 탄생과 동시에 잉태된 상반의 기운을 타고난 가문이 있었으니, 그들을 일컬어 구유묵가(九幽墨家)라 불렀다. 그들은 세상의 가장 얕은 곳에서 은신하며 오랜 세월 암흑의 기운을 축적하며 태양을 가릴 능력을 지니게 되었다.

태양과 암흑은 아무도 모르는 곳에서 충돌을 일으켰다.

그리고 그들은 동시에 소멸했다.

하지만 그들의 잔가지 하나 정도는 세상의 어느 곳에 뿌리를 내리고 제각각의 꿈에 젖어 있을 것이다.

피식!

기담집을 덮은 청년은 입술 끝을 비틀며 미소를 지었다.

총기 넘치는 얼굴에 피어오르는 냉소는 기이한 매력을 뿜어냈다.

"재미있군. 아주 재미있어!"

더욱 짙은 냉소를 피워 올린 청년은 기담집을 옆에 던져 놓고 다른 책에 시선을 두었다.

던져 놓은 기담집은 이미 여러 사람의 손을 거쳤는지 겉장에 너덜해져 있었다.

다른 책들을 훑어보던 청년은 그중에서 한 권을 빼 들었다.

"만 공자님, 약 드실 시간입니다."

청년이 책장을 넘기려는 순간, 밖에서 여인의 목소리가 들렸다.

만 공자라 불린 청년은 창밖으로 시선을 돌려 시간을 어림했다.

"벌써 그렇게 됐습니까?"

청년은 책을 덮고 방문을 열었다.

창밖에는 열여덟 정도 된 여인이 약사발을 받친 쟁반을 들고 서 있었다.

"어서 들어오십시오."

청년은 얼른 쟁반과 약사발을 받아 들며 여인에게 자리를 내주었다.

여인은 청년이 권한 자리에 앉으며 청년의 책상 위에 얹힌 책들을 쳐다보았다.

"오늘은 대체 몇 권이나 읽으실 생각인가요?"

여인은 입가에 미소를 피어 올리며 물었다.

그녀의 눈에는 호기심과 걱정이 동시에 묻어났다.

호기심은 이 청년이 앞으로 얼마만큼의 책을 읽을 것인가, 그리고 무엇 때문에 이렇게 필사적으로 책을 읽는 것인가 하는데 따른 것이었고, 걱정은 그렇게 죽자 사자 책을 읽으니 몸이 따라가지 못해 건강이 나빠지는데 따른 것이었다.

"글쎄요… 되는대로……."

청년은 스스로도 짐작할 수 없는지 정확한 답을 하지 못했다.

"대체 무엇 때문에 그렇게 책을……?"

질문을 하던 여인은 입맛을 다시며 손으로 자신의 입을 톡톡 때렸다.

그런 질문은 벌써 수십 번도 넘게 했고 매번 똑같은 답을 들었기 때문이다.

그런 질문에 대한 청년의 답은 매번 '책 속에 길이 있으니 그걸 배우고 싶다'였다.

그걸 배워서 뭘 할 것이냐고 또 물으면 '배워서 남 주나?'가 아니라 '배워서 남 주려고'였다.

그런 괴상한 대답만 반복하며 청년은 책 속에 빠져들었기에 그의 별명이 만권공자(萬卷公子)로 불리게 되었다.

여인 역시 그를 만권공자의 제일 앞 자를 따서 만 공자로 부르고 있었다.

"식기 전에 어서 드세요."

질문을 포기한 여인은 약사발을 들어 만 공자에게 내밀었다.

만 공자란 청년은 인상을 썼다.

"지금은 뜨거우니 잠시 더 있다가 들겠소."

약사발 가까이에 코를 갖다대 보던 청년이 고개를 뒤로 물리며 말했다.

"마시는 걸 확인하기 전에는 제가 안 일어설 거라는 건 충분히 짐작이 가시죠?"

여인은 한 수 더 뜨며 미소를 지었다.

한쪽 뺨에 볼우물이 살짝 패이며 웃는 여인의 미소는 어떤 얼음 같은 사내의 마음이라도 녹일 만큼 화사했다.

"쩝!"

입맛을 다시며 오만상을 쓴 청년은 약사발을 받아 들고 마시기 시작했다.

"더… 더… 남김 없이 쭈욱……."

여인은 아이를 달래듯 청년을 달랬다.

중도에 약사발을 내려놓으려던 청년은 더 심한 인상을 쓰며 약사발을 모두 비웠다.

"크으— 대체 오늘은 무슨 독을 탔기에……."

청년은 연신 입술을 핥으며 약사발을 쳐다보았다.

"오늘은 그냥 흑구렁이 독주머니와 천년 묵은 지네의 쓸개만 넣었어요."

여인도 지지 않고 답했다.

"내가 이러다가 올해를 못 넘기지……."

청년이 넋두리를 했다.

"그러게 말이에요. 독 중에 최고의 독은 서책 중독인데, 공자님은 그 독에 심하게 중독되었으니 다른 독으로 몰아내지 않으면 정말 올해를 넘기기 힘들어요."

여인은 다시 볼우물을 만들며 미소를 지었다.

청년은 말로는 도저히 여인을 못 이기겠다는 듯 입을 다물었다.

"이 독이 싫으시다면 다른 독으로도 서책 중독을 중화시킬 수도 있는데……."

여인은 의미심장한 눈으로 청년을 쳐다보았다.

"어, 어떤 것 말이오?"

청년은 더 이상 약을 안 먹어도 된다는 기대감에 얼른 앞으로 당겨 앉았다.

"서책 중독에는 서호 호숫가의 연꽃 향기가 최고래요. 저와 함께 그곳으로……."

"이 독으로 하겠습니다."

청년은 여인의 말을 자르며 약사발을 가리켰다.

여인의 한쪽 뺨에 패인 볼우물이 순식간에 사라지며 눈에서 도끼날이 튀어나왔다.

"아니, 그게 아니라……."

청년이 허둥거렸지만 이미 때가 늦었다.

"점심때 약은 칠채홍련사 쓸개를 넣을 테니 그리 아세요!"

여인은 방문이 부서져라 세차게 여닫고는 사라졌다.

"쩝!"

청년은 다시 한 번 입맛을 다셨다.

지혜롭고 밝기 그지없는데 성질이 넝쿨장미 가시였다.

그의 조부 만박노조도 그것만큼은 어쩔 수 없다며 혀를 내둘렀다.

"점심때는 아무래도 서호로 한 번 나가야겠군."

만권공자 마응탁은 고개를 흔들며 남은 책들을 쳐다보았다.

"책 속에 길이 있나니……."

마응탁은 노랫가락처럼 흥얼거렸다.

"산은 산이고… 길은 길이고… 까치는 까치고… 오늘은 손
님이 올려나……."

창밖에서 쩍쩍거리는 까치 한 마리를 보며 헛소리처럼 중
얼거린 마웅탁은 다시 책 속으로 빠져들었다.

별채에서 벗어난 석소정(石素貞)은 발로 세차게 땅을 굴렀
다.

화는 안 풀리고 발만 아팠다.

석소정은 그래도 양에 안 차는지 약사발을 정원 쪽으로 집
어 던졌다.

푹신한 흙이 깔린 땅이라 약사발은 아무 손상 없이 바닥에
착지했다.

"머저리!"

석소정은 마웅탁이 있는 곳을 향해 소리를 질렀다.

지식과 책에 대한 박식함은 벌써 할아버지를 따라잡을 정
도였지만 다른 쪽으로는 머저리가 따로 없었다.

"소도 그만큼 했으면 눈치 챘을 거야."

석소정은 속으로 부글거리는 울화를 마저 터뜨리고자 약
사발을 향해 발을 들어 올렸다.

"언니!"

정원 옆쪽에서 뾰족한 고함 소리가 들렸다.

열두어 살쯤 되어 보이는 소녀가 눈살을 찌푸리며 석소정

을 쳐다보고 있었다.

그녀는 동생 석소향(石素香)이었다.

"또 차였군!"

그녀 옆으로 두어살 더 어려 보이는 소년이 빙글거리며 나타났다.

그들은 언젠가 만박노조에게 무림의 서열을 묻던 선동 같던 소년과 소녀였는데 이젠 제법 소년 소녀 티를 벗어가고 있었다.

"차이긴 누가 차여! 이것들이……."

석소정은 화풀이 할 대상을 찾은 듯 도끼눈을 뜨며 다가갔다.

"웬 수선이냐? 할아버지 칠순을 맞아 손님들도 많이 와 계신데."

이번에는 문사건을 쓴 훤칠한 청년이 꽃나무 뒤에서 나타나며 눈살을 찌푸렸다.

그는 석소정의 사촌 오빠이자 그녀가 가장 어려워하는 석군영(石君榮)이었다.

"아, 아무것도 아니에요, 오라버니."

석소정은 얼른 표정을 바꾸며 약사발을 주워 들고 안채를 쳐다보았다.

석군영의 말대로 안채에는 며칠 후로 다가온 조부의 칠순 잔치를 축하하기 위해 이곳저곳에서 손님들이 방문해 있었다.

만박노조란 별호답게 조부는 문가(文家)의 사람들은 물론, 무가(武家)의 사람들과도 두루 교분을 맺어 무림문파에서도 손님들이 제법 와 있었다.

"각별히 행동을 조심하여 할아버지의 명성에 누가 되지 않도록 해라."

석군영은 노인 같은 목소리로 타일렀다.

"알겠습니다, 오라버니."

석소정은 종종걸음을 치며 안채로 사라졌다.

그런 동생의 뒷모습을 보며 석군영은 빙그레 미소를 지었다.

"또 차인 게 분명하지, 누나?"

선동 같았던 소년 석군호(石君鎬)가 석소향을 보며 악동 같은 미소를 지었다.

"언니도 참! 책벌레 샌님이 뭐가 좋다고……."

석소향은 고개를 흔들었다.

"그러게 말이다. 콧대가 하늘 같았던 녀석이 어쩌다 저런 꼴이 됐는지……. 주역(周易) 문답(問答)에서 참패를 당하고 나니 왕창 주저앉은 모양이야. 쯧쯧!"

석군영이 혀를 찼다.

그의 말대로 석소정의 콧대는 '태산이 높다 하되 그녀의 코 아래로다' 라는 말이 나올 정도였다.

처음 마웅탁을 봤을 때도 그건 다르지 않았는데 조부 만박노조 앞에서 마웅탁과 같이 주역의 구절 몇 개를 놓고 문답을 나누다 그야말로 참패를 당하고 난 뒤 태도가 달라진 것이다.

"역시 만권공자님은 현명해. 여자 보는 눈이 아주 탁월……."

"야!"

석소향의 고함에 석군호는 얼른 입을 닫았다.

"하하하!"

어린 사촌 동생들의 대화가 재미있는지 석군영이 너털웃음을 터뜨렸다.

"여기가 만박노조의 집인 모양이군!"

아침나절이 좀 지나서 만박노조의 집 앞에 도착한 유진룡은 걸음을 멈추고 만박노조의 집을 감상했다.

중원 최고의 석학으로 칭송되는 노 학사의 집답게 건물은 컸지만 검소하고 깨끗함이 곳곳에 배어 있었다.

담장도 깨끗하게 손질되어 있었고, 담장 아래에 심어놓은 장미는 시든 잎 하나 없이 잘 가꾸어진 채 붉은 꽃을 마음껏 틔우고 있었다.

그런 외양만 보아도 이곳은 학자의 집임을 짐작할 수 있을 것 같았다.

"녀석은 대체 여기서 뭘 하고 있는 것인가?"

유진룡은 혹시라도 마웅탁이 보일까 목을 쭉 빼어 보았다.

마웅탁은 보이지 않고 다른 사람들만 만박노조의 집을 부지런히 드나들고 있었다.

"역시 대학사의 집이야."

며칠 후가 만박노조의 칠순이란 것을 알 리 없는 유진룡은 많은 손님들이 모두 학문을 논하기 위해 드나드는 문객인 줄 알고 감탄사를 터뜨렸다.

"나도 저 속에 끼어들어야겠군."

유진룡은 천천히 정문을 향해 다가갔다.

"배첩은 있으십니까?"

정문 앞에 있는 사내가 유진룡의 체격을 보고 잠시 눈을 돌리지 못하다가 정중하게 물었다.

"그런 건 없고… 누굴 좀 만나려고……."

유진룡은 약간 머뭇거리며 답했다.

"그게 누구신지요?"

사내는 여전히 정중하게 물었다.

"마웅탁이라고 하는데 이 집에……."

"아! 만권공자님 말이군요."

사내는 반색을 했다.

"만권공자?"

유진룡은 처음 듣는 별호에 어리둥절한 표정을 지었다.

"하하! 그건 여기서 얻은 별호라 손님께서는 모르시겠군요."

사내는 웃음과 함께 고개를 끄덕였다.

"그런데 누구시라고⋯⋯?"

"유진룡이라고 전해주십시오. 어릴 적에 같이 자랐습니다."

"그렇습니까? 곧 전갈을 보내지요."

사내는 대문 안에 있는 시비 둘을 불러 한 명은 마웅탁에게 보내고 다른 한 명은 유진룡을 접객당으로 안내하게 했다.

유진룡은 표시나지 않게 건물 안을 둘러보며 안내하는 시비를 따라 접객당으로 들어갔다.

'대체 무슨 일이야?

본채 한곳에서 석소정은 눈을 동그랗게 떴다.

정말 오랜만에 별채에서 나온 만권공자 마웅탁이 바람처럼 달려가고 있었다.

그건 머리끝이 쭈뼛거릴 정도로 놀랄 일이었다.

마웅탁은 그동안 조부가 부르지 않는 한 별채에서는 물론, 자기 방에서도 거의 나오지 않았다.

뒷간 갈 때도 땅이라도 꺼지지 않을까 천천히 걸음을 옮겼다.

그렇게 조심조심 걸으며 아낀 힘을 책을 파고드는데 모조리 쏟아 부었다.

한마디로 뒷간 가는 기운도 아껴서 책에다 쏟아 붓는 사람이었다.

그런 그가 지금 눈썹이 휘날리도록 달리고 있었다.

휘익—

석소정도 치맛자락이 휘날리도록 달려가지 시작했다.

'이젠 또 왜 저래?'

정문이 보이는 곳까지 달려온 석소정은 다시 한 번 눈을 동그랗게 떴다.

별채에서 이곳까지 바람처럼 달려온 마웅탁이 접객당이 보이기 시작하자 달음질을 딱 멈추고는 손을 허리 뒤로 돌려 뒷짐까지 쥐며 천천히 걸어가기 시작했다.

그건 속마음을 숨긴 다분히 의도적인 모습이었다.

석소정은 알다가도 모를 마웅탁의 행동에 짙은 의구심을 느끼며 자신도 천천히 걸음을 옮겼다.

접객당이 가까워질수록 마웅탁은 더 늦게 걸었다.

이윽고!

"형!"

상체를 뒤로 젖힌 마웅탁이 누군가를 불렀다.

접객당 안에서 사내 하나가 몸을 일으켰다.

석소정은 뭉게구름처럼 일어나는 호기심을 억누른 채 사내를 쳐다보았다.

좀처럼 보기 힘든 장신에, 차돌 같은 근육질의 사내가 천천히 걸어나왔다. 그리고는 걸음을 멈추었다.

마웅탁도 걸음을 멈추었다.

그렇게 두 사내는 잠시 서로를 바라만 보며 서 있었다.

석소정은 두 사람을 번갈아 쳐다보았다.

시간이 멈춘 듯 서 있던 두 사람의 얼굴에 서서히 미소가 어렸다.

석소정은 순간적으로 넋이 나가 버린 느낌이었다.

여인들의 미소는 꽃보다 아름답다.

하지만 이 순간 느낀 사내들의 미소는 그 어떤 여인들의 미소보다 훨씬 더 아름다워 보였다.

석소정은 멍하니 두 사람의 움직임을 주시했다.

걸음을 멈추고 미소만 짓던 두 사람은 다시 걸음을 옮겼다. 그리고는 아무 말 없이 세차게 서로를 끌어안았다.

여인을 끌어안아도 저렇게 세차게 끌어안지는 않을 것 같았다. 또한 장신 사내를 끌어안은 마웅탁의 얼굴에는 세상 아무것도 부러울 것이 없을 것 같은 충만감이 넘쳤다.

그들의 모습을 본 석소정은 난생처음으로 한번쯤 사내가 되어보고 싶다는 충동을 느꼈다.

"잘 지냈냐?"

유진룡이 먼저 안부를 물었다.

"항상 형이 문제지. 나야 어딜 가도 잘 지내잖아?"

"그런데 몰골이 왜 그래?"

유진룡은 호리호리한 몸매의 마웅탁을 보며 눈살을 찌푸

렸다. 옷만 바꿔 입으면 여자라고 속여도 될 것 같았다.

"뼛속에 근육이 들었다는 말도 못 들어봤어?"

마웅탁은 지지 않고 응수하며 접객당 안으로 유진룡을 이끌었다.

유진룡과 마웅탁은 자연스럽게 접객당 내에 있는 탁자에 마주 앉았다.

꼴깍 침을 삼킨 석소정도 천천히 접객당으로 들어갔다.

그런 그들의 모습은 다른 사람들에게도 큰 호기심을 불러일으켰다.

"허허! 저 친구에게도 저런 구석이 있었군. 그런데 누구지?"

마웅탁과 석소정이 바람처럼 달려가는 모습을 보고 무슨 일이 일어났나 싶어 여기까지 온 석소정의 부친 석현우(石賢宇)가 궁금증 가득한 눈으로 접견실 쪽을 한 번 쳐다본 후 말했다.

"나중에 인사를 시켜주겠지요."

석군영도 접객당 쪽으로 시선을 고정시켰다가 안채로 향했다.

"이제 돌아온 거야, 형?"

뜨거운 해후(邂逅) 의식이 끝나자 마웅탁은 그것부터 물었다.

"이제부터 시작이다."

유진룡은 대수롭지 않게 답했다.

마웅탁이 잠시 눈길을 아래로 내렸다가 입술을 열었다.

"그럴 줄 알았어. 형 인생이 그렇게 쉬우면 내일 해가 서쪽에서 뜨겠지."

마웅탁은 십분 짐작한다는 듯 고개를 끄덕였다.

언제나 심각한 것과는 거리가 멀게 느물거리는 마웅탁의 모습에 유진룡은 씨익 웃음을 흘렸다.

그건 녀석의 장점이었다.

아무리 보아도 지극히 심각한 운명의 굴레를 타고난 것 같았는데 녀석은 그런 모습과는 거리가 멀었다. 오히려 어떤 심각한 상황에서도 여유를 가지고 느물거렸다.

녀석의 그런 모습은 언제나 마음을 편하게 했다.

"그런데 넌 여기서 뭐 하고 있는 것이냐?"

유진룡은 마웅탁의 몰골과 이곳의 안채를 한 번씩 쳐다보며 물었다.

"소향상회에서 모두 열심히 살아가는데 나만 하는 일 없이 밥만 축내니 회주께서 이곳으로 쫓아보내더라고. 그래서 여기까지 왔는데… 이곳도 지낼 만해."

마웅탁은 여전히 말을 돌리며 느물거렸다.

녀석의 입에서 진심을 담은 대답을 듣는 것을 바라기보다는 돌부처가 입을 여는 것을 바라는 것이 나을 거 같았다.

"그런데 소향상회는 들러보았어? 하긴, 그랬으니 여기까지 왔겠지."

마응탁은 혼자 질문하고 혼자 답했다.

"회주님이나 혜란이도 잘 있지?"

마응탁은 일 년 동안 못 본 그들의 소식이 무척 궁금한 모양이었다.

"밖에서 소고만 만나보고 왔다."

유진룡이 짤막하게 답했다.

"응? 그럼 소향상회에는 안 들렀다는 말이냐? 회주님도 안 만나보고?"

마응탁은 뜻밖이란 듯 이마에 주름살을 만들었다.

"만나봐야 하루도 지나기 전에 또 헤어질 텐데… 그게 싫어서……."

유진룡은 시선을 돌리며 답했다.

"하긴… 그게 더 나을지도……."

처음에는 펄쩍 뛸듯하던 마응탁도 이내 고개를 끄덕였다.

이제부터 죽음의 거래가 시작된다면 만나봐야 마음만 무거울 것이다.

"회주님께서 나중에 알면 많이 섭섭해할 텐데……."

그래도 아쉬운지 마응탁은 유진룡의 눈치를 살피며 말했다.

"벌써 알고 있는 모양이더라."

"어떻게? 꼬리라도 밟힌 거야?"

마응탁은 눈을 크게 떴다.

“소고 녀석이 다 분 모양이야.”

유진룡은 입맛을 다셨다.

“소고가? 그럴 녀석이 아닌데…….”

마웅탁도 소고의 성격을 익히 알고 있는지라 의외의 표정을 했다.

“혜란이가 낌새를 느끼고 밤새도록 고문을 한 모양이야. 그러니 어지간한 놈이지만 나가떨어질 수밖에…….”

유진룡은 피식 웃었다.

“고문? 하하하! 알 만하군, 알 만해! 하하하!”

마웅탁은 모든 것이 이해가 간다는 듯 큰 웃음을 터뜨렸다.

양혜란이 낌새를 챘다면 소고를 반쯤 죽여서라도 알아냈을 것이다.

“하하하!”

소고가 양혜란 앞에서 밤새 닦달을 받는 모습을 상상하며 마웅탁은 다시 웃음을 터뜨렸다.

그 모습을 저만치서 지켜보는 석소정의 눈이 더욱 동그래졌다.

이곳으로 온 후 마웅탁이 저렇게 스스럼없이 웃는 모습은 처음 보았다.

언제나 그의 웃음은 떠오를 듯 말 듯 사라졌다. 가끔씩 책을 보며 혼자 웃을 때도 있었지만 무엇이 그리 불만인지 그때의 웃음은 항상 차가운 냉소였다.

하지만 석소정은 그런 그의 모습이 오히려 잘 어울린다고 생각했다.

불만 가득한 천재!

항상 그렇게 생각했기에 몰랐는데 지금 저렇게 활짝 웃는 마웅탁의 모습은 상상을 초월했다.

대체 어떤 존재이기에 마웅탁을 저렇게 웃게 할 수 있을까 생각하며 석소정은 다시 한 번 유진룡을 쳐다보았다.

두 사람은 여전히 대화에 여념이 없었다.

"그럼 혜란이도 못 본 거야?"

마웅탁의 눈에 다시 궁금증이 어렸다.

"볼일이 있어 무석에 잠시 머물렀는데 어떻게 알고는 호원 무사들과 함께 찾아왔었어."

유진룡은 고개를 절레절레 흔들었다.

"그래? 그러고도 남을 여자지. 어떤 때는 회주님보다 더 정보가 빠르더군."

마웅탁의 입가에 미소가 어렸다. 뒤이어 그의 눈가에 진한 그리움 한 가닥이 스쳐 지나갔다. 문득 그 그리움의 색조가 어떤 것인지를 읽은 유진룡이 시선을 모았다.

"회주님은 같이 안 오고?"

유진룡의 시선을 의식한 마웅탁은 순식간에 눈빛을 달리하며 다른 질문을 했다.

유진룡은 묵묵히 고개만 끄덕였다.

“단단히 삐쳤군!”

마웅탁이 빙그레 미소를 지었다.

“아무래도 그런 것 같다.”

유진룡은 맞장구를 쳤다.

마웅탁이 피식 웃었다. 회주 단리하연이 정말 삐쳤다면 아무리 유진룡이라도 멀쩡히 이곳에 앉아 있을 수 없을 것이었다.

‘둔탱이가 알기나 하는지…….’

무심한 눈빛의 유진룡을 보며 단리하연의 모습을 떠올린 마웅탁은 속으로 중얼거렸다.

“이젠 그만 들어가 형! 집주인에게 인사 정도는 해야지.”

마웅탁은 먼저 몸을 일으켰다.

만박노조에게 큰 볼일이 있는 유진룡은 혹시라도 마웅탁의 마음이 변할까 봐 얼른 따라 일어섰다.

이렇게 자연스럽게 얼굴을 익히고 나서 이무기와 용이 뒤엉킨 그림에 대해서 물어보면 훨씬 쉬울 것이다.

“소저는 누굴 기다리시기에 아까부터 그곳에서 그린 듯이 앉아 있는 것이오?”

접객당 밖으로 나가려던 마웅탁은 돌연 등을 돌려 석소정을 향해 질문을 던졌다.

두 사람이 나가고 난 후 슬쩍 일어서려던 석소정은 음식 훔쳐 먹다 들킨 사람처럼 허둥댔다.

“저, 전… 그러니까 친구를…….”

"아하! 친구…… 혹시 그 친구가 육 척이 넘는 장신에 온통 근육질의 남자라면 본채로 가보시오. 잠시 후엔 그곳에 있을 테니……"

"어서 가자, 이 녀석아!"

유진룡이 마웅탁의 뒤통수를 두드리며 목덜미를 잡아끌었다.

'머저리, 호랑말코! 샌님!'

두 사람이 사라진 후 얼굴이 발갛게 변한 석소정은 두 발로 땅바닥만 걷어찼다.

여기서 나간 후 한발 앞서 할아버지 처소로 달려가 조부께 인사를 드리는 자리에서 두 사람이 어떤 관계인지 자연스럽게 알아보려고 했는데 내심이 들통나 버렸으니 그럴 수도 없게 된 것이다.

석소정은 허탈한 얼굴로 씩씩거리기만 했다.

"이럴 때만 귀신같이 눈치가 빨라!"

다시 한 번 땅을 걷어찬 석소정은 풀썩 자리에 주저앉았다.

마웅탁과 함께 만박노조에게 인사를 하는 자리에서 유진룡은 그간 궁금했던 그림의 정체에 대한 질문이 튀어나오려는 내심을 억누르며 만박노조의 모습을 살폈다.

무불통지에, 중원 제일의 석학!

만박노조는 그 수식어에 조금도 부족함이 없는 풍모를 하고 있었다.

신선같이 긴 백염에 온 세상의 지혜를 담은 듯한 현기 어린 눈빛!

죽음의 수련을 한 유진룡이었지만 그 눈빛을 대하는 순간, 자신의 내부가 모조리 읽히는 것 같아 오래 마주칠 수가 없었다.

한 방면에 있어서 지고한 경지에 오른 사람들은 비록 무공을 통한 내력을 다지지 않았다고 하더라도 그런 내력을 누를 수 있는 무언가가 있었다.

그것은 또 다른 종류의 내력이었고 만박노조의 그런 내력은 유진룡이 감히 따를 수 없는 수준이었다.

"그래, 마 공자와 어릴 적 친구라고?"

잠시 유진룡을 살펴보는 것으로 모든 걸 꿰뚫어 본 듯 만박노조는 인자한 미소와 함께 질문을 던졌다.

"그렇습니다. 철모르던 시절 같이 고생하며 자랐습니다."

유진룡은 가볍게 고개를 숙이며 답했다.

"그런 사이는 피보다 더 진하지. 마 공자가 지금 같이 환한 모습을 보일 수도 있다는 걸 나도 오늘 처음 알았네! 허허!"

만박노조는 너털웃음을 터뜨렸다.

유진룡은 묵묵히 듣기만 했다.

"그런데 무공을 익혔나 보구먼?"

만박노조가 다시 유진룡의 시선을 붙잡아왔다.

유진룡은 표시나지 않게 숨을 가다듬으며 만박노조의 시

선을 받았다.

누군가를 탐색하려는 눈빛이 아니었지만 유진룡은 자신도 모르게 자신의 모든 것이 또다시 그 눈빛 속으로 빨려드는 것 같은 느낌을 받았다. 그만큼 만박노조의 눈은 깊고도 현기가 강했다.

"그냥 어디 나가서 안 얻어맞을 정도로만 배웠습니다."

유진룡은 고개를 끄덕였다.

"아닐세. 자네는 지옥의 문을 훌쩍 뛰어넘은 사람일세. 하지만 아직은 완숙미가 부족해. 그걸 빨리 보완해야 닥쳐올 비바람에 몸이 젖지 않을 것인데……."

"아버님……."

만박노조가 유진룡의 모든 것을 단박에 짐작하여 운명까지 읽어나가자 그의 큰아들이자 가주인 석현승(石賢承)이 조용히 주의를 일깨웠다.

"허허! 내가 또 망령을 피웠구먼. 좀처럼 이런 적이 없는데……. 자네 같은 사람들을 만나면 나도 모르게 망령이 도진다네. 허허허!"

만박노조는 너털웃음을 터뜨렸다.

유진룡은 잠시 안광을 빛냈다. 그리고는 입을 열었다.

"저 같은 사람이라시면… 어떤 사람을 말씀하시는지요?"

만박노조는 더 이상 그런 쪽으로는 신경을 끊으려 했지만 부쩍 호기심이 인 유진룡은 만박노조의 말끝을 붙잡았다.

석현승이 찔끔하는 모습을 보였고, 만박노조는 입가에 미소를 지었다.

"허허!"

짙어진 미소 끝에서 너털웃음이 새어 나왔다.

"어떤 사람이라……? 글쎄 그걸 어떻게 표현해야 하나. 세상 만물은 무한한데 그걸 그려내는 인간의 글과 말은 유한하게 짝이 없는지라……."

만박노조는 혼잣소리처럼 중얼거리며 잠시 생각에 잠겼다.

말과 글의 한계를 초월한 생각을 억지로 그 한계 속으로 집어넣는 것이 힘이 드는 모양이었다.

"수컷 웅(雄). 바람 풍(風)!"

만박노조는 뜻 모를 소리를 중얼거렸다.

유진룡은 무슨 말인지 모르겠다는 표정으로 만박노조를 쳐다보았다. 그건 방 안에 있는 사람들 대부분이 그랬다.

마응탁만이 만박노조의 뜻을 조금이나마 헤아렸는지 희미한 미소를 입가에 머금었다.

"바람은 세상 곳곳에 존재하지만 보이지는 않는다네. 하지만 큰바람은 그 형체가 보이는 법일세. 이를테면… 폭풍우를 몰고 세차게 불어 닥치는 그런 바람은 훤히 보이지. 자네의 바람도 훤히 보여. 그래서 내 망령이 도진 모양일세."

만약 만박노조는 알 듯 모를 듯한 말로 설명을 끝냈다. 그리고는 입을 다물었다.

아직도 그 뜻이 무언지 알 수 없기는 마찬가지였지만 이젠 어떤 것으로도 더 입을 열게 할 수 없을 것 같았다.

'웅풍(雄風)……?'

유진룡은 만박노조가 화두처럼 던져 준 두 글자를 되뇌어 보았다. 그 두 글자만으로 대체 무슨 의미인지 알 수가 없었다. 단지 혈풍보다는 낫지 않나 싶을 뿐이었다.

"이젠 그만 가보게. 오랜만에 만났으니 할 얘기들도 많을 텐데."

만박노조는 다시 인자한 미소와 함께 고개를 끄덕였다.

유진룡과 마응탁은 고개를 숙여 인사하고는 만박노조의 방을 물러났다.

"대체 무슨 소리냐?"

마응탁의 처소인 별채로 걸어오며 유진룡은 질문을 던졌다.

"형이 바람기가 좀 있다는군."

마응탁이 대수롭지 않게 답했다.

"바람기?"

유진룡이 눈살을 찌푸렸다.

"바람 풍 자에, 수컷 웅 자! 타고난 바람둥이란 뜻이지. 이제 회주님은 어쩌려나……. 쯧쯧."

마응탁이 탄식처럼 중얼거리며 혀를 찼다.

"이 자식이?"

유진룡은 주먹을 들어 올렸다.

마웅탁이 얼른 몸을 피했다.

"망할 놈!"

유진룡은 끄응 신음을 삼켰다.

애초에 이놈에게 뭘 제대로 답해주길 바란 자신이 잘못됐다는 생각이 들었다.

"그런데 회주님은 왜 걸고 넘어져?"

유진룡은 다시 목소리를 높였다.

"모르는 거야, 시치미를 떼는 거야?"

마웅탁이 눈 사이를 좁혔다.

"뭘?"

"말하자면 입 아프고……. 그냥 다음에 회주님 만나거든 만박노조 어르신이 그랬다고 하며 형이 삼처사첩 거느릴 팔자라고 해봐. 어떻게 나오나."

퍽!

유진룡은 결국 마웅탁의 등을 쥐어박았다.

마웅탁이 무거운 비명을 지르며 앞으로 쏘아졌다.

第四十二章
조탁(彫琢)

유 진룡과 마웅탁이 물러난 후 만박노조는 한참 동안 눈을 감고 생각에 잠겨 있었다.

그럴 때는 어떤 생각을 하는지 잘 알고 있는 식구들은 숨도 크게 쉬지 못하고 만박노조를 쳐다만 보고 있었다.

"가주!"

한참 후에 눈을 뜬 만박노조가 아들 석현승을 불렀다.

"말씀하십시오, 아버님!"

석현승이 시선을 맞춰왔다.

"구진자(究眞子)와 종하진인(宗下眞人)을 좀 불러주게."

만박노조는 어제 이곳에 도착한 손님들 중 두 사람의 별호를 일컬었다.

구진자는 화산의 대표로 그리고 종하 진인은 무당의 대표로 만박노조의 칠순을 경축하기 위해 온 손님들이었다.

"그들은 왜?"

석현승이 조심스럽게 물었다.

문인도 아닌, 무인을 두 사람씩이나 한꺼번에 부르는 것이 마음에 걸린 때문이었다.

"옥석을 조금 다듬을 일이 있어서 그러네."

만박노조는 뜻 모를 말로 대답을 대신했다.

"알겠습니다."

석현승은 뭔가 더 질문을 하려다가 고개를 숙이고는 밖으로 나갔다.

잠시 후 화산의 구진자와 무당의 종하 진인이 만박노조의 방으로 들어왔다.

"부르셨는지요, 어르신?"

두 사람이 머리를 조아렸다.

자신의 문파에서는 많은 문도들의 존경을 받는 오십대 중반의 고수들이었지만 중원제일의 석학인 만박노조 석주양 앞에서는 그들도 누구보다 공손해졌다.

"어서 앉으시지요, 두 도사님들."

만박노조는 자리를 권했다. 그리고 차를 따랐다.

"무슨 일이신지……?"

차를 한 모금씩 마신 두 도인들은 자못 궁금한 눈으로 만박노조를 쳐다보았다.

보통 사람보다 훨씬 깊고 먼 곳을 내다보며 살아가는 만박노조는 함부로 사람을 오라 가라 부르는 법이 없었다.

그리고 그렇게 부른 사람들과는 결코 가벼운 일을 논하지 않았다.

"부탁이 있어서 염치 불구하고 청했답니다."

"어떤?"

두 도인이 눈을 약간 크게 떴다.

"너희들은 그만 나가보아라."

만박노조는 식구들을 향해 손짓을 했다.

큰아들 석현승과 작은아들 석현우, 그리고 며느리들이 고개를 숙이고는 밖으로 나갔다.

"투박한 옥돌을 두 분 도인들께서 좀 다듬어주셔야겠습니다."

식구들이 모두 나가자 만박노조는 두 도인을 부른 이유를 밝혔다.

"옥돌?"

만박노조의 말에 두 도인은 영문 모를 눈으로 서로를 쳐다보았다.

검에 내력을 주입하여 억지로 공을 들인다면 옥이라고 해서 못 다듬을 것도 없겠지만 그건 장인들이 할 일이지 자신들이 할 일이 아니었다.

"오늘 우리 집에 옥석이 하나 굴러 들어왔지요. 그 옥석은 너무 탐이 나는 물건이오. 내 것은 아니지만 멀리서 지켜보는 것만으로도 기분이 좋을 만한 물건이지요. 그런데 아직 완전히 다듬어지지가 않아서 조만간 깨어질 가능성이 높을 것 같소이다. 그걸 두 분 도인들께서 조금 다듬어주시지요."

여전히 두 도인들은 만박노조의 말을 알아듣지 못했다.

"오늘 한 명의 청년이 손님으로 찾아왔습니다. 이제 막 무공 수련을 끝내고 출도한 청년 같았는데……."

"아하!"

만박노조가 직접적인 뜻으로 풀이를 해주자 종하 진인이 먼저 머리를 끄덕였다. 뒤이어 구진자도 그 뜻을 알아듣고 안광을 빛냈다.

그러나 두 도인은 이내 처음의 표정으로 돌아갔다.

같은 사문 사람들끼리도 이런 부탁을 쉽게 하지 않는다. 그런데 무인도 아닌, 대학자인 만막노조가 내력도 모르는 청년의 무공을 좀 손보아주라는 부탁을 하니 그건 무척이나 뜻밖이었다.

"대체 어떤 청년이기에……?"

구진자가 조금은 조심스럽게 물었다.

"아까 말한 대로 미완의 옥돌이오. 되도록 빨리 다듬어져야 하는……."

만박노조는 멀리 창밖을 바라보며 같은 답을 되풀이했다.

"이런 부탁은 너무 무거워 함부로 드릴 수 없는 것이지만 망령이 난 늙은이의 마지막 소원이라 생각하시고……."

만박노조는 두 도인들이 도저히 거절할 수 없을 정도로 간곡히 부탁을 했다.

'천기라도 읽은 것인가?'

구진자는 속으로 그런 생각을 하며 만박노조의 시선을 따라 하늘을 쳐다보았다.

하늘에는 흰 뭉게구름이 유유자적 떠 있었다.

"어르신의 부탁이니 당연히 들어드리고 싶습니다. 하지만 그런 것은 우리만 응한다고 되는 것이 아니고… 그 청년도 승낙을 해야 하지 않겠습니까? 내력을 극구 숨기고 싶은 청년이라면 우리의 의도가 무례한 처사로 여겨질 수도 있을 테니까요."

종하 진인도 조심스럽게 의견을 피력했다.

"그건 내게 맡기시고 두 진인들은 저녁나절쯤 준비를 해주시지요."

만박노조는 조금 억지스럽다 싶을 정도로 자신의 뜻을 관철시키려 했다.

"알겠습니다. 노학사의 하시는 일에 부당함이 있을 리 없으니……."

두 도인은 고개를 끄덕여 승낙을 하고는 방을 나섰다.

"바람이 불어오려나?"

두 도인들이 나간 후 만박노조는 창밖으로 시선을 고정시킨 후 한참 동안 움직이지 않았다.

"웅풍(雄風)이 불어오면… 암운(暗雲)이 흩어질지니……."

만박노조는 시구를 읽듯이 중얼거렸다.

"비무를 해보라고?"

유진룡은 갑작스런 마웅탁의 말에 목소리를 높였다.

점심을 먹은 후 이런저런 얘기들을 나누며 시간 가는 줄 모르고 있던 차에 만박노조의 부름을 받고 안채로 갔다 온 마웅탁이 꺼낸 얘기는 도저히 갈피를 잡을 수가 없었다.

만박노조가 자신의 칠순에 선물을 하는 셈치고 화산과 무당의 사람들과 비무 대결을 벌여보란 청을 했다.

이곳에 화산과 무당의 사람들이 와 있다는 것도 뜻밖이었고, 갑작스런 비무는 더 뜻밖이었다. 또한 유진룡 자신은 만박노조의 생신을 축하해 주기 위해서 이곳에 온 사람도 아니었다.

"네 사부께서 아무래도 망령이 나셨나 보다."

유진룡은 마웅탁을 보며 뚱하게 말했다.

마웅탁은 슬쩍 눈살을 찌푸렸다.

"사부는 누가 사부라고 그래? 난 그냥 이 집의 식객이야. 때때로 문객의 입장에서 노 학사님과 토론을 하기도 하지만 사제지간은 아니야."

마웅탁은 자신과 만박노조의 관계를 분명히 했다.

"아니면 말고⋯⋯. 그런데 이건 너무 이상하군. 날 언제 봤다고 다른 사람들과 비무를 벌이라는 것이냐?"

유진룡은 짐짓 부당하다는 표정을 지었다.

"싫은 거야?"

마웅탁이 은근슬쩍 물었다.

"싫고 좋고를 떠나, 이건 경우가 아니지 않느냐? 내가 무슨 매기자(賣技者)도 아니고⋯⋯."

유진룡은 불평 어린 목소리를 토했지만 문득 가슴 한쪽으로 솟아오르는 호승심을 누를 수 없었다.

무당과 화산!

대대로 중원 최대의 검파로 오랜 세월에 걸쳐 수많은 고수들을 배출했다는 것은 강호 초행인 유진룡이 아니라 강호와 상관없는 삼척동자라도 아는 사실이다. 그런 문파의 고수들과 비무를 해보는 것은 할 수만 있다면 천금을 주고라도 청하고 싶은 것이 솔직한 심정이었다.

그런데 웅탁이의 손님으로 온 이곳에서 타의에 의해서 갑작스레 그런 기회가 왔다. 그래서 선뜻 응하기에 뭔가 내키지 않았다. 더구나 자신은 이곳에 은밀히 왔다가 목적만 달성하고 은밀히 사라질 생각이었다.

"돈 주고도 못 가질 기회잖아?"

마웅탁은 유진룡의 내심을 헤아리기라도 한 듯 말했다.

"그렇긴 하지만 그것도 때와 장소가 있는 것이다."

"때는 햇살이 수그러진 오늘 오후! 장소는 이곳의 후원에 있는 한 건물 안! 더 이상 좋은 조건이 어디 있어?"

마웅탁이 느물거리며 신경을 긁었다.

"이 자식은 단 한마디도 진실성이 없어!"

유진룡은 벌컥 소리를 지르며 도끼눈을 했다.

"단순하기는……."

마웅탁은 유진룡의 주먹에 위축되지도 않고 빈정거림 한 마디를 던졌다.

"무슨 소리야?"

유진룡은 다시 눈살을 찌푸렸다.

"아까 노 학사님을 만났을 때 어떤 느낌을 받았어?"

마웅탁은 뚱딴지같은 질문을 했다.

"자식이 내내 딴소리야?"

"대답이나 해봐. 어떤 느낌을 받았냐니까?"

마웅탁은 오랜만에 장난기를 지우고 정색을 했다.

유진룡은 눈을 끔벅거렸다. 이젠 좀 진지한 대화가 될 것 같았다.

"그냥 내 생각이지만… 내 인생이 모조리 노인의 눈 속으로 빨려 드는 것 같았다. 왜?"

"맹탕은 아니네. 그런 느낌을 말로 표현할 줄도 알

고……."

마웅탁은 다시 빈정거렸다.

유진룡의 눈에서 도끼날이 세워졌다. 마웅탁이 얼른 입술을 움직였다.

"나 역시 처음에는 그런 느낌을 받고 내가 읽은 책들이 입으로 모조리 도로 튀어나올 것 같았어."

마웅탁은 침착하게 말을 이었다.

"그런 사람이 단순히 무료함을 달래기 위해 일면식밖에 없는 형에게 그런 부탁을 했을까?"

마웅탁의 눈빛이 강렬해졌다.

유진룡은 그런 마웅탁의 눈빛이 만박노조를 조금 닮았다는 것을 느끼고는 잠시 심호흡을 했다.

"최근 들어서 느낀 건데… 노 학사님은 요즘 하늘을 자주 쳐다보며 얼굴에 어두운 빛이 떠나지 않았어. 그런데 오늘 형을 보고 나서 거짓말 같이 그 기운이 걷혔어. 오늘의 일은 그것과 연관성이 있다고 봐! 그러니 속는 셈치고 시키는 대로 해봐. 절대로 손해 볼일은 없을 테니……."

마웅탁은 단호하게 자신의 생각을 밝혔다.

"하늘?"

"천기를 읽는다고도 하지."

마웅탁이 재빨리 답했다.

유진룡은 눈을 끔벅였다.

애기책에서나 들은 단어가 현실 속에서 튀어나왔다.

그런 허무맹랑한 말이 어디 있냐고 하고 싶었지만 아까 마주친 그런 눈이라면 가능할 것도 같았다.

'천기라……?'

유진룡은 문득 노인이 읽은 천기 속에 자신은 어떤 위치를 차지하고 있는지, 또 어떤 역할을 할지 궁금증이 일었다.

"해보는 거지? 사실 나도 형의 무위가 궁금해 죽겠거든?"

마웅탁은 다시 짓궂은 미소를 지었다.

"아예 내기 판까지 벌여라, 망할 놈아!"

유진룡이 고함을 질렀다.

"그럼 난 형에게 절대 못 걸어. 무공에 입문한 지 겨우 사년밖에 안 됐잖아?"

마웅탁이 지지 않고 대꾸했다.

비무의 장소는 후원 한쪽에 있는 만학당(萬學堂)이란 건물이었다.

그곳은 만박노조 석주양이 한참 학문 연구에 열을 올릴 때 수많은 학자들과 문객들이 한 달에 한 번씩 한꺼번에 모여 학문을 토론하던 곳이었는데 만박노조가 학문의 일선에서 물러난 뒤부터는 언제나 깨끗이 치워진 채 빈 공간으로 남아 있었다.

무가의 웬만한 연공실보다 더 큰 그곳은 비무의 장소로 부족함이 없었다.

그곳에 만박노조와 그의 큰아들 석현승이 나와 있었고, 무당과 화산 사람들도 같이 나와 있었다.

그 외에는 아무도 없었다.

만박노조는 큰아들 외에는 아무에게도 이 일을 말하지 않았다. 뿐만 아니라 가솔들에게 엄한 지시를 내려 근처에는 아무도 접근하지 못하게까지 했다.

보통의 비무대회라면 많은 관람객의 기대 어린 눈빛과 감탄 어린 응원을 받으며 대결을 벌이겠지만 이번의 경우는 정반대의 상황이 전개되어 그야말로 당사자들만 아는 비밀스런 비무대회가 준비되고 있었다.

유진룡은 마웅탁과 함께 천천히 그곳으로 향했다.

경공을 펼쳐 간다면 열 번도 도약하기 전에 도달할 거리였다.

짧다면 짧은 그 거리를 천천히 걸어가며 유진룡은 자신도 모르게 가슴이 뛰는 것을 느꼈다.

무당과 화산이란 대문파!

예전의 자신이라면 만나는 것은 물론, 쳐다보지도 못할 사람들이었다.

그들과 아무런 사심 없이, 오로지 공부의 목적으로 무공을 겨뤄본다는 사실은 마음을 들뜨게 만들고, 호흡마저 가빠지게 했다.

마웅탁을 통해 만박노조의 청을 전해들은 그 순간에는 정말 이상한 노인네란 생각마저 들었다.

손님으로 온 사람에게 생면부지의 사람들과 비무를 벌이라니?

그런데 지금은 그런 생각이 한 점도 남김없이 사라졌다.

지금 자신에게 가장 절실한 것은 저런 대검파의 고수들과 손을 섞어보는 것이다.

정조휘와도 대결을 벌여보았고 혈우마령대 전부를 처치하긴 했지만 그들과의 대결에서는 자신의 무공을 돌이켜 보고 성찰하는 기회는 가지지 못했다.

정조휘와의 대결에서는 스스로를 속이기에 바빴고, 혈우마령대와의 대결에서는 단시간 내에 그들을 쓰러뜨리기에 바빴다.

그런 대결에서는 실전 경험 몇 조각이 무의식적으로 몸에 달라붙을 수 있을지도 몰라도 깊은 성찰은 이루어질 수 없었다.

'무서운 노인네군!'

유진룡은 절로 그런 생각을 하게 됐다.

단 한 번의 만남에 자신의 내부를 모조리 읽어내는 것 같았고, 자신의 운명까지 엿보는 것 같았다. 그래서 지금 자신에게 가장 필요하고 가장 부족한 것을 순식간에 간파하여 이런 자리를 만든 것 같았다.

구름밖에 없는 하늘을 보고 무엇을 읽었는지 모르겠지만 어쨌든 천금을 주고도 살 수 없는 기회였다.

만학당 문 앞에 다다르자 유진룡의 가슴이 조금 더 빨리 뛰었다.

"어서 오시게!"

마웅탁과 함께 문을 열고 들어서자 만박노조가 만면 가득 웃음을 지으며 두 사람을 맞았다.

고개를 숙여 인사를 차린 유진룡은 시선을 돌렸다.

먼저 도관을 쓴 두 중년인이 보였다.

중년인 곁으로 각각 세 명의 젊은이들이 서 있었다.

무당파와 화산파 도사의 젊은이들이었다.

그들은 복식만으로도 서로의 문파가 구분되었다.

두 중년인은 모두 도관을 쓰고 있었지만 화산파 중년인의 옷소매에는 매화 문양이 선명히 그려져 있어 단박에 알아볼 수 있었다.

화산파 도인 옆에 있는 청년들 세 명의 옷에도 매화 문양이 선명히 새겨져 있었다.

유진룡은 그들에게도 눈인사를 했다.

같이 눈인사를 하는 그들의 눈에는 이 자리에 있게 만든 유진룡에 대한 호기심이 가득했다.

"우선 이리 와서 좀 앉으시게. 공자나 도사님들뿐만 아니라 모두 혼란스러울 테니 비무에 앞서 잠시 차나 한잔 드시게."

만박노조는 유진룡과 마웅탁에게 자리를 건넸다.

두 사람이 자리에 앉자 만박노조는 손수 차를 따라주었다. 그리고 입을 열었다.

"내가 이렇게 느닷없는 제안을 해서 많이 당황스러울 것이라 여겨지네."

만박노조는 유진룡을 향해 다시 미소를 지었다.

"처음에는 그런 마음이 많이 들었습니다. 하지만 당대의 최고 석학이신 노 학사님의 의중을 제 짧은 소견으로 파악하기는 힘든 바, 편하게 생각하기로 했습니다. 쉽게 만날 수 없는 대검파의 신룡 같은 분들과 함께 제 부족한 공부를 되돌아볼 수 있다는 사실에 지금은 가슴이 벅차 주체할 수 없을 지경입니다."

유진룡은 마웅탁이 미리 연습시킨 인사말을 한마디도 실수하지 않고 완벽하게 소화해 냈다.

과례하지도 비례하지도 않으면서 상대를 충분히 받들어주는 유진룡의 인사에 만박노조는 미소를 지었고 약간은 경계심을 가지고 있던 화산과 무당의 사람들도 한층 표정을 누그러뜨렸다.

"하하! 그렇게 이해해 주니 기쁘기 한량없네. 두 문파의 도사님들께서도 그렇게 이해를 해주신다면 이 늙은이 마음이 놓이겠소이다."

화산파와 무당파에게는 미리 설명을 한 만박노조가 다시

인사를 차렸다.

구진자와 종하 진인이 고개를 끄덕였다.

"그럼, 더 이상은 모두 묻어두고 이 늙은이의 부탁을 들어 주시지요."

만박노조는 두 도인을 향해 청을 했다.

화산의 구진자가 먼저 나섰다.

"소협도 이 상황을 이젠 충분히 이해하고 있다니 거두절미하고 시작하겠네. 어차피 지금은 아무래도 서로 서먹서먹할 테니. 비무를 하면서 서로를 좀 더 깊이 사귀도록 하세나."

말을 마친 구진자가 손짓을 했다. 그러자 옆에 있던 청년 하나가 가볍게 고개를 숙이고 앞으로 나섰다.

"산매검(散梅劍) 홍연욱(洪連旭)이라 하오!"

실내 중앙으로 나선 청년은 간단하게 인사를 했다.

"강호 초출 유진룡이라 합니다."

유진룡은 자신의 본명을 밝히며 포권을 쥐었다.

언사를 나누고 나서도 두 사람은 약간은 망설이는 자세로 서로를 쳐다보고 있었다.

아무리 실전이 아닌 비무라지만 검을 휘두르고 주먹을 찔러 넣기 위해서는 작은 호승심이라도 필요한데 지금은 그런 것이 일지 않으니 주저하는 모습이었다.

"동문 사형제끼리 공부를 한다고 생각하며 어서 시작하게."

구진자가 지시를 내렸다.

먼저 유진룡이 어깨를 펴며 편한 자세를 잡았다.

산매검 홍연욱의 표정이 약간 굳어졌다.

보통 키의 그에 비해서 유진룡의 신체 조건이 월등히 뛰어난 것이 위축감을 불러일으킨 때문이었다.

하지만 대결은 신장이나 체격으로 하는 것이 아니다.

"흐흡!"

낮은 호흡과 함께 홍연욱은 기세를 끌어올렸다.

단전에서 끌어올린 내력이 팔을 타고 검으로 흘러들자 검이 홍연욱의 일부처럼 느껴지며 그의 신장이 검의 길이만큼 더 크고, 그의 몸 역시 검의 궤적만큼 더 굵어진 것 같았다.

"먼저 공격하시겠소?"

잠시 위축됐던 마음을 털어버리고 오히려 자신감마저 회복한 홍연욱이 유진룡에게 물었다.

유진룡이 인사말로 강호 초출이라 했던 것처럼 홍연욱도 이번이 강호 초행길이었다.

몇 년 동안 화산에서 수련만 하려니 따분했던 그는 사숙 구진자에게 떼를 써서 따라나왔다.

하지만 같은 강호 초출이라도 그 등급이 있는 것이다.

대화산파의 초출과 내력도 모르는 초출은 엄연히 다르다. 그래서 홍연욱은 당연히 자신이 선수를 양보해야 한다고 생각했다.

그 정도는 충분히 감안하고 있었기에 유진룡은 묵묵히 고개를 끄덕였다. 그리고는 천천히 몸의 긴장을 풀었다.

초출이긴 하지만 혈우마령대와 피비린내 나는 싸움을 벌였다. 그래서 대결에 대한 부담은 없었다. 하지만 가슴이 약간 뛰는 것은 어쩔 수 없었다.

유진룡은 천천히 내력을 끌어올렸다.

"그럼!"

그 한마디를 신호로 유진룡은 산매검 홍연욱의 정면으로 뛰어들었다.

뛰어드는가 싶었는데 어느새 좌우측으로 유진룡의 신형이 분산되었다.

'우웃!'

홍연욱이 비명을 삼켰다.

유진룡이 바닥을 박차자 마치 거대한 호랑이 한 마리가 심혼을 제압하며 달려드는 느낌이었다.

호랑이가 온몸에서 피어나는 흉포한 기운만으로도 먹이를 기절시키듯 지금 유진룡의 몸에서 뻗어 나오는 기세만으로도 홍연욱은 몸이 말을 듣지 않을 것 같았다.

파앗—

홍연욱은 필사적으로 검을 뽑았다. 그러나 이상하게도 검이 뽑히지 않았다.

홍연욱은 얼른 시선을 내려 자신의 검을 쳐다보았다.

어느새 다가온 유진룡의 한 손이 검병을 가볍게 누르고 있었다. 그리고 오른쪽 주먹은 심장 부근에 닿아 있었다.

한마디로 검을 뽑아 보지도 못하고 패배를 당한 것이다.

너무 어이없는 상황에 실내에 있던 모든 사람들이 잠시 동안 아무 말도 못하고 두 사람을 쳐다만 보고 있었다.

'쩝!'

홍연욱을 첫 상대로 내보낸 구진자는 속으로 쓴 입맛을 다셨다.

만박노조는 처음부터 구진자 자신이 나서서 유진룡의 무위를 점검해 주고 그것이 부족하면 종하 진인도 나서라고 했다.

아무리 당대 석학의 말이라도 그것만큼은 따를 수 없어서 홍연욱을 내보낸 것인데 일초지적도 되지 못했다.

"허어—"

종하 진인도 탄식을 토했다.

승부가 너무 쉽게 난 것이 믿어지지가 않았다.

산매검 홍연욱도 패배의 충격에 앞서 믿어지지 않은 사실에 멍하니 자신의 검과 유진룡을 쳐다만 보았다.

신형이 아지랑이처럼 흔들리며 언뜻 다가서는 것 같았는데 놀라 자빠질 지경으로 유진룡의 두 손이 검병과 심장에 닿아 있었다.

믿을 수도 없고 믿고 싶지도 않았다.

허락만 한다면 다시 해보고 싶었다.

"그만 들어오너라!"

홍연욱이 망연한 모습으로 한참이나 서 있자 구진자가 홍연욱을 불러들였다.

홍연욱은 머리를 떨구고 자리로 들어갔다.

'조금 심했나?'

어깨를 늘어뜨리고 제자리로 들어가는 홍연욱을 보며 유진룡은 약간은 미안한 생각이 들었다.

홍연욱은 정가장의 장남 정조휘보다도 하수였다.

어쩌면 지금 이 자리에 나온 무당과 화산파 사람들 중에서 제일 아래일지 몰랐다. 그런데 구진자가 그를 첫 상대로 내보낸 것은 유진룡 자신의 무위를 한참 잘못 판단하고 있다는 말이었다.

서로 이곳에서 처음 본 사람들이니 그건 모욕감을 느끼거나 할 것이 아니었다.

그러나 계속 그런 식으로 판단한다면 무당과 화산의 청년 여섯 명과 모두 대결을 하고 나서야 진정한 고수들과 대결을 할 수 있다는 말이다.

그런 번거로운 일을 피하고자 유진룡은 처음부터 과하게 나간 것이다.

유진룡의 예상대로 홍연욱이 너무 어이없이 패해 버리자 남은 청년들의 눈빛이 달라지기 시작했다.

특히 화산의 남은 두 청년들의 눈에서는 호승심의 불길이
활활 타올랐다.

"사숙! 이번에는 제가……."

낙화유검(落花流劍) 서한고(徐漢古)가 몸을 일으켰다.

그는 산매검 홍연욱과 사형제지간으로 홍연욱이 저렇게
패한 것을 도저히 인정할 수 없는 모양이었다.

구진자가 조용히 손을 들어 올렸다.

서한고의 심정은 이해하는 바이나 유진룡은 그의 상대가
아니었다. 그리고 제자인 파운검(破雲劍) 고일도(高一道)의 상
대도 역시 아니었다.

"진인께서는 저 소협과 공부를 시켜볼 제자가 있으신지요?"

유진룡의 의도대로 구진자는 자파의 제자들을 모두 물리
고 무당의 의향을 물었다.

종하 진인은 묵묵히 고개를 끄덕이며 자신의 제자 벽파칠
검(碧波七劍) 가진걸(可眞杰)에게 눈짓을 했다.

홍연욱이 패하는 순간 무당의 제자들 중에도 상대가 없다
는 것을 절감했지만 화산에서는 제자 한 명을 내보냈는데 무
당에서는 그렇게도 하지 않고 자신이 바로 나설 수는 없었다.
그리고 그러고 싶지도 않았다.

"벽파칠검 가진걸이라 하오!"

실내 중앙으로 나온 가진걸이 긴장된 표정으로 인사를 했다.

"유진룡이오!"

유진룡은 한 번 더 자신의 이름을 밝히고 자세를 잡았다.

"이번에는 내가 선공을 하지요."

가진걸 역시 유진룡이 자신보다 고수임을 느끼고는 검을 빼 들었다.

휘리릭—

기수식을 펼친 가진걸의 검에서 강맹한 기운이 뻗어 나왔다. 그러나 그 강맹한 기운은 어느새 무당 특유의 부드러운 기운으로 바뀌며 엄중한 그물처럼 변해갔다.

유진룡은 비로소 대검파인 무당의 향기를 맡는 것 같았다.

쌔애액—

기수식을 멈춘 가진걸의 검이 푸른 파도처럼 휘몰아쳐 왔다.

파도의 강맹함과 물의 부드러움이 한꺼번에 스며 있는 검초가 천라지망처럼 유진룡의 신형을 덮쳐 갔다.

파앗—

잠시 더 가질걸의 검초를 견식하던 유진룡은 발끝으로 바닥을 찍었다.

유진룡의 신형이 그 자리에서 사라진 듯했다.

이윽고!

파파팡—

유진룡의 두 주먹이 가진걸이 만든 검세의 그물을 세차게 두드리며 파공음을 터뜨렸다.

“하앗—”

기합성을 지른 가진걸이 재차 검을 세차게 뿌렸다.

파도가 몰아치듯 밀려드는 그의 검에서 무당의 향기가 한층 더 진하게 흘러나왔다.

사람의 목숨을 단번에 끊기 위한 혈우마령대원들의 검과는 달리, 자신의 수양과 더 나아가 진리에 한발 더 접근하기 위한 깨달음의 한 방편으로 탄생되고 가꾸어진 도교 검파의 검초에서는 피비린내 나는 혈향 대신 화합과 조화의 향기가 연신 흘러나왔다.

유진룡은 그 향기에 더욱 심한 갈증을 느꼈다.

하지만 가진걸은 더 이상 깊고 진한 향기는 뿜어내지 못했다.

파아앗—

유진룡의 몸이 절벽을 타고 오르는 백호의 기세를 담고 가진걸의 검초에 마주쳐 갔다.

퍼퍽—

가진걸의 검초를 뚫고 들어간 유진룡의 손바닥이 섬전처럼 가진걸의 가슴을 치고 빠져나왔다.

가진걸은 두어 걸음 주르르 뒤로 밀려났다.

“콜록!”

가진걸이 밭은기침을 토했다.

마지막 순간 내력을 거두어들였지만 유진룡의 긴 팔과 큰 손은 그 자체만으로도 제법 묵직한 타격을 준 것이다.

두어 발 밀렸다가 제자리에 선 가진걸도 화산의 홍연욱과 비슷한 표정을 지었다.

자신의 생각으로는 물샐틈없이 촘촘하게 다듬었다고 생각한 검초에 속절없이 틈이 생겼다. 그리고 그 틈으로 유진룡의 손이 너무 쉽게 스며들고 빠져나갔다.

가진걸은 망연히 자신의 검과 가슴을 내려다보았다.

그 역시 홍연욱처럼 충격에 앞서 놀람이 더 컸다.

"너도 들어오너라."

종하 진인이 가진걸을 불러들였다.

무당의 나머지 두 청년은 더 이상 나서지 않았다.

제일 약한 제자를 내보낸 화산의 구진자와 달리 무당의 종하 진인은 세 명 중 가장 강한 제자를 내보냈기 때문이었다.

가진걸이 머리를 떨구며 자리로 돌아갔다.

홍연욱의 패배를 보고 나서 스스로 어느 정도 예상은 했지만 막상 당하고 나니 그 허탈함이 너무 컸다.

지금까지 행한 모든 수련이 부질없게 느껴졌고, 지금까지 쌓은 모든 노력들이 일시에 무너져 내리는 기분이 들었다.

"뭘 배웠느냐?"

잠시 후, 종하 진인이 가진걸을 보고 질문을 던졌다.

아직까지도 이런 자리를 만든 노 학사의 심중은 알 수 없었지만 이 자리는 승부를 결하고 순위를 매기는 자리가 아니었다. 그렇다면 뭔가 배움이 있어야 했다.

아니, 그것보다는 제자의 가슴에 내려앉은 짙은 패배감을 조금이라도 빨리 지워주고 그것을 도약을 위한 발판으로 만들어줄 필요가 있었다.

그러나 아직 패배의 쓰라린 충격에서 벗어나지 못한 가진걸은 얼른 대답을 하지 못했다.

종하지인은 재촉하지 않고 가진걸의 대답을 기다렸다.

"암벽 같은 강함을 배웠습니다."

잠시 후 가진걸이 착잡한 목소리로 답했다.

자신의 벽파칠검을 모조리 막아내는 유진룡의 무공은 파도로는 도저히 쓸어낼 수 없는 암벽 같았다. 가진걸은 그 느낌을 말했다.

"헛배웠다. 다시 생각해 보거라!"

종하 진인의 목소리가 조금 엄하게 흘러나왔다.

가진걸은 얼른 고개를 들었다.

사부의 눈은 다른 답을 요구하고 있었다.

암벽같이 강한 기운!

그게 아니라면?

가진걸은 조금 전까지의 대결을 머릿속에 떠올렸다.

패배의 충격이 흩어지고 유진룡과의 대결 장면이 빠르게 그 자리를 대신했다.

자신이 일으킨 파도로는 도저히 휩쓸어 버릴 수 없는 암벽 같은 강함!

그러나 그건 답이 아니었다.

그 이면에 또 다른 답이 있었다.

그게 뭘까?

가진걸의 눈이 빛을 뿜었다.

자신이 뿌린 초식을 모조리 막아가던 그 막강함은 빠름에 기인했다.

빨랐기에 한발 앞서 자신이 뿌린 초식의 진행을 막고 강함으로 다가왔었다.

"빠름을 배웠습니다."

가진걸이 목소리를 조금 높여 답했다.

"그것도 잘못 배웠다!"

종하 진인은 여전히 다른 답을 요구했다.

가진걸은 다시 고개를 들었다. 그리고 안광을 빛냈다.

강함을 만들어낸 빠름!

이젠 그 빠름을 만들어낸 이치를 찾아내야 했다.

순식간에 휘몰아쳐 나가고 바람처럼 스며들던 그 동작들!

너무 유연하고 부드러웠다.

"부드러움을 배웠습니다."

가진걸이 다시 대답했다.

"그것으로도 부족하다. 더 깊이 파헤쳐 보거라!"

종하 진인은 한결 누그러진 목소리로 말했다.

가진걸의 눈이 이번에는 완전히 감겨졌다.

눈을 감은 채로 가진걸은 유진룡과의 대결 장면을 다시 떠올렸다.

강함을 만들어낸 빠름!

빠름을 만들어낸 부드러움!

유진룡의 신형이 그런 느낌들 속에서 바람처럼 휘몰아쳤다.

가진걸의 얼굴에 서서히 미소가 번져 나갔다.

이윽고 그의 입술이 열렸다.

"가벼움을 배웠습니다."

가진걸이 달아오른 얼굴로 답했다.

"네 녀석이 검을 잡는 순간부터 가르쳤는데 이제야 겨우 배웠단 말이냐?"

종하 진인이 혀를 차며 말했다.

"제자가 우둔하여 배우기만 했을 뿐 익히지는 못한 것 같습니다."

"됐느니라!"

종하 진인은 비로소 고개를 끄덕였다.

"허허!"

깊은 눈빛으로 사부와 제자간의 공부를 지켜보던 만박노조는 너털웃음을 터뜨렸다.

무공은 익히지 않았지만 종하 진인과 가진걸 사이에 오고 간 문답의 내용을 모두 이해한 것 같은 눈빛이었다.

"역시 노 학사님의 혜안이 정확했습니다. 처음부터 우리가 나서야 했는데 한 푼 가치도 안 되는 자존심으로 추한 모습을 보이게 했습니다."

구진자가 입맛을 다시며 말했다.

"허허! 누가 나선들 어떻습니까. 배움만 있다면 된 것이지요."

"노 학사님의 바람과는 달리, 우리 아이들만 일방적으로 배웠으니 그것이 문제지요."

종하 진인이 몸을 일으켰다.

구진자가 약간 당황스런 표정을 지었다.

같은 문파는 아니었지만 연배로 따지자면 종하 진인이 자신보다 조금은 위였다.

"진인!"

구진자도 따라 일어서며 종하 진인을 불렀다.

"내가 가르칠지, 도리어 배우게 될지 모르겠지만 일단은 가르치고 싶은 욕망을 누를 길이 없구려."

종하 진인은 손을 들어 구진자를 만류하고는 실내 중앙으로 걸어나왔다.

第四十三章

은자유림(隱者儒林)

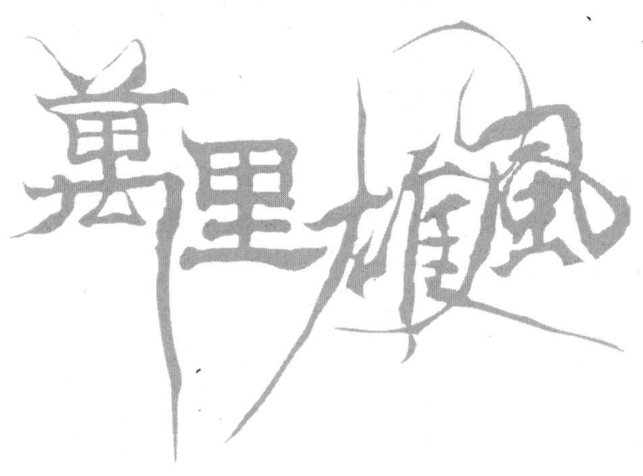

구진자를 향해 던진 말대로 종하 진인의
눈에서도 감출 수 없는 열의가 엿보였다.

제자에게 패배를 안겨준 유진룡이지만 그 무공은 어느 한
곳으로 치우치지 않고 너무나 정심하게, 그리고 혼신의 힘을
다해 배운 흔적이 역력했다. 그런 청년이라면 자신의 심득을
제대로 이해할 수도 있을 것이고 반대로 자신이 깨달음을 얻
을 수도 있었다.

무한십이수!

지금은 거의 실전된 무공이었다.

우선은 그것이 무엇보다 궁금했다.

돌고 돌아 평범해진 무공이라면 그 평범함 속에 수많은 가르침이 있을 것이란 생각도 들었다.

종하 진인이 다가오자 유진룡은 포권을 쥐며 상체를 숙였다.

"무한십이수를 익혔나?"

고개를 든 유진룡을 향해 종하 진인은 백엽동이 유진룡의 싸움 장면을 보고 했던 것과 똑같은 질문을 했다.

유진룡은 묵묵히 고개를 끄덕였다.

"제대로 익힌 모양이구만!"

종하 진인의 입꼬리에 미소가 걸렸다.

"겨우 형이나 완성한 수준입니다."

"그럴 정도였으면 노 학사님께서 이런 자리를 만들지 않았을 걸세."

종하 진인은 눈을 빛내며 유진룡의 전신을 빠르게 훑었다.

큰 체격과 거기에서 뿜어져 나오는 압력이 무시 못할 수준이었다. 그만한 내력이면 제대로 익혔을 것이란 생각이 절로 들었다.

"이젠 슬슬 시작해봄세!"

종하 진인은 더욱 깊은 눈빛으로 유진룡을 쳐다보며 검을 뽑아 들었다.

고색창연한 그의 검에서는 아무런 광채도 흘러나오지 않았다.

양광이 내리쬐는 바깥이 아니라 그런 점도 있겠지만 주인의 심성을 따른 검은 예기를 안으로 숨기고 있었다.

"먼저 가르침을 청하겠습니다."

유진룡이 주먹을 쥐며 말하자 종하 진인이 고개를 끄덕였다.

파앗—

가진걸과 대결할 때와는 달리 유진룡과 곧바로 종하 진인의 가슴으로 육박해 들었다.

종하 진인이 비로소 검을 휘둘렀다.

비스듬히 바닥에 내려져 있던 검이 살짝 들렸을 뿐인데 유진룡은 자신의 진로가 모두 그물에 막힌 듯한 느낌을 받았다.

일검장신(一劍藏身)!

일검만천(一劍滿天)!

그런 소리는 어디선가 주워들어 봤지만 이렇게 대면해 보기는 처음이었다.

한 자루 검이 하늘을 모두 가리는 것 같았고, 능히 한 자루 검 속에 신형을 숨길 수 있을 것 같았다.

휘익—

유진룡은 직선으로 치달려나가던 자세를 바꾸며 열두 개의 돌기둥을 어지럽게 휘돌듯 보법을 밟았다.

우우웅—

슬쩍 들려졌던 검이 이번에는 두어 번 변화를 보였다.

다시 모든 진로가 막혔다.

휘돌아가던 유진룡의 신형도 더 빠른 변화를 보였다.

휘리릭—

종하 진인의 검이 비로소 휘둘러졌다.

더 이상 검기를 내뿜는 것만으로 유진룡의 움직임을 막기 힘들기 때문이었다.

유진룡은 더욱 강한 기세를 끌어올리며 종하 진인의 검초 속으로 뚫고 들어가려 했고 종하 진인은 물이 흐르듯 부드러운 검으로 유진룡의 공세를 막았다.

파파팟—

허공에서 몇 가닥의 마찰음이 들린 것 같았다.

그리고 두 사람은 처음의 자세로 돌아와 대치했다.

"좋군! 아주 좋아!"

종하 진인이 호쾌한 찬사를 터뜨렸다.

유진룡은 보일 듯 말 듯 고개를 숙이며 안광을 빛냈다.

영문을 모른 화산과 무당의 제자들은 눈만 끔벅이며 두 사람들을 쳐다보고 있었다.

"무서운 변초로군요."

유진룡이 감탄사를 토했다.

처음에는 검에서 뿜어져 나오는 기세만으로 유진룡의 진로를 막던 종하 진인은 더 이상 불가능함을 느끼고 검을 휘둘렀다.

그 순간 미세한 틈이 보였다. 그 속으로 유진룡은 바람처럼 파고들었다. 그러나 그 틈은 순식간에 사라지고 그 뒤에서 무서운 반격이 쏟아져 나왔다.

공격을 멈춘 유진룡은 신속히 뒤로 물러설 수밖에 없었다.

그건 생각지도 못한 방식의 변초였다.

그런데?

"아닐세!"

종하 진인이 고개를 저었다.

"변초가 아니라는 말씀이십니까?"

유진룡은 눈 사이를 좁혔다.

방금 종하 진인의 검은 정상 궤도를 벗어났다. 그건 확연히 느낄 수 있었다.

"변초는 초식의 일환일세. 초식 안에서 펼쳐지는 것이지. 입이 벌어질 정도로 놀랄 일이지만 그건 자네에게 안 통하더군!"

"그럼?"

"허초(虛招)라는 것일세."

종하 진인이 담담하게 답했다.

"허초?"

유진룡은 눈을 크게 떴다.

들어본 적은 있어도 이제껏 생각해 보지 못한 수법이었다.

이제껏 백호십이수의 기본형과 그에 따라 파생되는 변초

를 익히는 데도 죽을 고생을 하였다.

그러니 허초는 생각조차 못 해본 셈이었다.

"쉽게 말하면 속임수라는 것이지. 변초를 능수능란하게 구사하는 수준을 넘어서면 허초까지 뿌릴 수 있다네. 그건 초식 아닌 초식이지. 하지만 어떤 초식보다 무섭다네. 자네 초식엔 그런 것이 전혀 없더군."

종하 진인은 고개를 끄덕였다.

"노 학사님께서 자네를 아직은 다듬어지지 않은 옥돌로 보시고 좀 다듬어주라고 하신 이유 한 가지를 찾아냈네. 강호에 출도하지 얼만 안 된 사람들이나 초식을 완성하는 데 급급한 청년들은 변초까지도 완벽히 소화해 내기 힘들지만 닳고 닳은 강호의 노마두들은 변초를 넘어 허초를 더 많이 뿌린다네. 그걸 간파하고 대응하지 못하면 월등한 실력을 갖추고도 허망하게 당하기 일쑤라네."

종하 진인의 설명이 꽂히듯이 유진룡의 고막을 파고들었다.

"왜 이런 자리가 마련되었는지 이해가 갈 것도 같으니 이젠 허초에 대해서 본격적으로 배우기로 하지. 그야말로 속임수 초식이지만 그것도 쪼개고 쪼개다 보면 형이 보이는 법일세."

종하 진인은 흐릿한 미소를 지으며 만박노조를 쳐다보았다.

처음에는 얼토당토않게 느껴지던 만박노조의 청이 이젠 어느 정도 이해가 된다는 눈빛이었다.

만박노조의 얼굴에도 종하 진인과 똑같은 색조의 미소가 떠올랐다.

이른 바 이심전심(以心傳心)의 염화미소(拈華微笑)인 것이다.

"오늘 밤 잠잘 생각은 버리게. 어쩌면 내일 밤도 그렇게 될지 모르겠네."

종하 진인은 이번에는 구진자를 쳐다보며 미소를 지었다.

구진자는 낮은 한숨과 함께 입맛을 다셨다.

직접 손속을 나눠본 당사자인 종하 진인은 유진룡과의 짧은 대결에서 자신의 모든 것이라도 전수해 주고 싶은 충동을 느낀 것 같았다. 그리고 저 정도 고수로서는 좀체로 보기 힘든 열기에 들뜬 얼굴로 했다.

그렇다면 자신 역시 마찬가지일 것이다. 너무나도 올곧게 배운 후진에겐 문파를 초월해 그런 것이 아깝지 않은 법이었다.

한데 선수를 뺏겨 버렸으니…….

절로 입맛이 다셔졌다.

"이번에는 좀 더 신랄한 허초를 뿌리겠네."

종하 진인은 다시 검을 들어 올렸다.

"그런데 자네 사문과 사부의 존함은 어찌 되는가?"

본격적인 가르침과 배움이 이루어지려는 찰나, 종하 진인은 강호인으로서의 가장 통속적인 질문을 던졌다.

만박노조가 인정하고 조탁(彫琢)해 달라고 간청한 청년이니 모두 불문에 붙이고 갈 수도 있었지만 누가 이런 청년을 키웠는지 본능적인 궁금증을 누르지 못한 것이다.

"그건 제 생사가 달린 일이라 당장은 밝히기 힘듭니다."

"그런가? 안 그랬으면 더 좋을 텐데… 안타깝군."

종하 진인은 나직한 한숨을 내쉬었다.

그런 사연이 있다면 아까운 재목이 자칫 세찬 폭풍우에 꺾일 수도 있기 때문이다. 아마도 만박노조는 자신에 앞서 그것을 읽은 것 같다는 생각을 했다.

"하지만 그건 내가 상관할 수 없는 일이고… 하던 공부나 계속하지."

종하 진인은 다시 검을 들어 올렸고 유진룡은 쏘아져 나갈 자세를 잡았다.

파앗ー

유진룡이 쏘아져 들자 미리 경고한 대로 종하 진인의 검은 더 신랄한 허초를 뿌렸다.

유진룡도 초식을 바꾸며 다시 쇄도해 들었다.

뒤이어 허초가 뿌려질 것이라는 것을 알지 못했다면 큰 낭패를 당할 만한 초식들이 무당의 검에서 쉴새없이 쏟아졌다.

유진룡의 움직임이 무수한 잔영을 남기며 그 허초들에 대항해 갔다.

허초가 신랄해질수록 유진룡의 움직임은 더 정교해지고 몸에서 뿜어져 나오는 기운은 더 거세어졌다.

파앗―

무언가가 옷깃을 두드리는 소리가 들려왔다.

그와 함께 두 사람의 움직임이 멈춰졌다.

"그걸 벌써 꿰뚫었나?"

종하 진인이 깊은 눈빛으로 유진룡을 쳐다보며 말했다.

"차근차근 가르쳐 주시니까 이해가 갔습니다."

유진룡이 포권을 지으며 고개를 숙였다.

"재미있어. 아주 재미있어! 하하하!"

종하 진인이 통쾌한 웃음을 터뜨렸다.

자신의 가르침이 한 방울도 새어나가지 않고 고스란히 그릇에 담기는 느낌에 종하 진인은 한참 동안의 수고에도 불구하고 조금의 피곤함도 느끼지 못했다.

요령이나 허세가 조금도 섞이지 않은 유진룡의 무한십이수는 종하 진인의 마음을 계속해서 끌어들이고 있었다.

"이젠 좀 쉬시지요."

종하 진인이 다시 검을 들어 올리려는 찰나, 구진자가 나섰다. 그의 손에는 자신의 애검이 벌써 뽑혀져 있었다.

"어쩌시려고?"

종하 진인이 의구심 어린 눈을 했다.

자신이 검을 검갑에 넣지도 않았는데 구진자마저 검을 들고 오면 합공이 되는 셈이다.

"무당에만 허초가 있는 것이 아니지 않습니까? 그리고 영양 섭취는 골고루 해야 제대로 살로 가는 법이지요."

구진자가 종하 진인의 앞으로 나서자 종하 진인은 물러날 수밖에 없었다.

그리곤 종하 진인은 고소를 지었다.

무인들의 호승심은 노소를 불문하고 어쩔 수 없다는 생각이 들었다.

처음에는 내키지 않은 기색이 역력했지만 자신과 유진룡이 정신없이 어울리는 것을 보니 더 이상 참을 수 없는 모양이었다. 아울러 무당에 질 수 없다는, 화산이 결코 무당의 아래가 아니라는 경쟁 심리도 발동한 것이리라.

"뭐, 그렇게 하지요. 아직 한참 남았지만 화산의 검향도 맡아보고 다시 무당과 마주친다면 훨씬 더 효과가 있겠지요. 허허!"

종하 진인은 너털웃음과 함께 뒤로 물러났다.

"감사하오, 진인."

옅은 미소와 함께 구진자는 고개를 끄덕인 후 유진룡과 마주섰다.

"무당이 유려하면서도 무겁다면 우리 화산은 화려하면서도 날카롭다네. 그건 문파마다, 각 개인마다 다른 법이지. 따라서 같은 허초라도 개인에 따라서는 여러 변용(變用)이 있고 특색이 있다네. 이젠 그것마저도 꿰뚫어 보는 공부를 좀 해봄세.”

구진자는 검을 휘두르기 이전에 짧은 가르침을 먼저 던졌다.

“유념하겠습니다.”

유진룡은 포권을 쥐며 답한 후 편한 자세를 잡았다.

“시작함세!”

그 말과 함께 구진자의 검이 화려한 검화를 뿌렸고 유진룡이 안광을 빛내며 뛰어들었다.

휘리릭!

구진자의 검이 표홀하게 떨어져 내렸다. 그 속에 의도된 빈틈이 미세하게 보였다.

그야말로 상대의 공격을 유도하기 위한 덫이었다.

처음부터 큰 빈틈이라면 단박에 눈치를 채겠지만 미세한 실수를 한 것 같은 저런 빈틈은 어떤 큰 허점보다 더 강렬한 유혹을 느끼게 만든다. 그러나 잘못 판단하여 덜컥 뛰어들면 덫에 오른 쥐를 덮치듯이 실초가 날아들 것이다.

그것을 간파하고 대응책까지 마련한 채 뛰어들어야 하는 것이 이 순간의 과제였다.

그것은 또 다른 모습의 변초였고, 더 나아가 또 다른 초식이었다.

기본형과 그에 따른 변초만 익히면 모든 것이 끝났다고 생각했는데 그게 얼마나 단순한 생각이었는지 유진룡은 절감하게 되었다.

강호에서 실력은 삼(三)일 뿐, 그 밖의 요소가 칠(七)을 차지한다는 말은 이래서 생긴 것 같았다.

저 허초 뒤에는 과연 어떤 수법이 숨어 있을 것인가?

무당의 검과 화산의 검은 또 달랐다. 그래서 쉽게 예측이 불가능했다.

일단은 부딪쳐 보아야 할 일이었다.

유진룡은 허초 속으로 쾌속하게 주먹을 찔러 넣었다.

예상대로 허초 뒤에 숨은 실초가 올가미를 던지듯이 튀어 나왔다.

파앗!

유진룡의 주먹이 이상한 각도로 꺾었다.

까앙—

쇳소리가 나며 구진자의 검이 뒤로 튕겨났다.

구진자의 눈이 크게 뜨여졌다.

자신의 허초 속으로 파고든 유진룡의 주먹 역시 허초였던 것이다.

이제껏 허초에 대응하기에만 급급했던 유진룡이 이젠 같은 허초로 공격까지 한 것이다.

'역시 무한십이수!'

구진자는 속으로 탄성을 삼켰다.

가장 단순해 보이지만 인생십이진법(人生十二進法)의 묘리가 골고루 담긴 무한십이수는 그 이름처럼 무한하게 그 능력을 발휘하고 있었다.

휘이익—

구진자의 검이 조금 더 빠르게 움직이며 아까보다 더 많은 검화(劍花)를 피워 올렸다.

이젠 정말 어느 것이 실초이고 어느 것이 허초인지 구별이 가지 않을 정도였다.

우우우웅—

쳐올리고 뻗어나가는 유진룡의 주먹과 손바닥, 발에서 무거운 진동음이 연신 흘러나왔다.

그것이 하나의 막을 만들어 구진자의 검화를 막아나갔다.

파팡—

그 막에 부딪친 구진자의 검초에서 허초가 드러났다.

파아앗—

유진룡은 그 속으로 찔러 넣었다.

"하하하!"

훌쩍 뒤로 물러선 구진자가 대소를 터뜨렸다.

그 웃음은 여름날 소나무 숲을 돌아 나오는 바람처럼 시원했다.

"그런 식으로 허초와 실초를 동시에 깨부술 줄 몰랐네. 하하하!"

검을 내리고 호흡을 고른 구진자가 다시 호쾌한 웃음을 터뜨렸다.

유진룡은 호흡을 고르며 포권을 지었다.

"높은 가르침에 감사드립니다."

"아닐세. 그런 인사는 종하 진인께 하시게."

구진자가 손을 내저었다.

"이젠 허초 정도는 자네에게 큰 위협은 못될 것 같네. 아직은 더 다듬어야겠지만 그건 시간문제일 뿐이고… 거기에 더해 자네 역시 자네만의 허초를 개발해 나간다면 훨씬 더 무서워질 것 같네."

구진자는 고개를 끄덕였다.

"하지만 허초는 결국은 속임수일 뿐이라네. 그것이 주가 되어서는 절대 안 되네. 어디까지나 그것은 상대의 허초에 당하지 않고 상대의 허초를 깨부수기 위한 방편으로만 삼아야 할 것이네."

구진자는 마지막 가르침까지 아끼지 않았다.

"잘 알겠습니다."

유진룡은 상체를 깊이 숙였다.

구진자의 말대로 허초라는 것은 실초를 더 신랄하게 뿌리기 위한 속임수 초식이었다. 그리고 그것은 실초가 없으면 아무런 소용이 없는 것이었다.

　정신없을 정도로 엄중한 초식을 뿌리는 고수의 초식에서 허초가 이따금씩 뿌려진다면 정말 아찔할 것 같았다. 아울러 자신의 초식이 속절없이 흔들릴 것 같았다.

　여태까지는 그런 건 생각해 보지 않았다. 그런 것을 생각할 만큼 강호를 활보해 보지 못했기에…….

　하지만 이젠 어떤 상황에서도 그런 것을 염두에 두고 싸울 것이다.

　그것만으로도 자신이 성취가 한 단계 뛰어오른 것 같았다.

　"이젠 다시 내 차례이구려."

　다시 종하 진인이 앞으로 나섰다.

　"허허허!"

　만박노조가 뒤에서 너털웃음을 흘렸다.

　"계속하시더라도 저녁은 들고 하시지요. 시간이 꽤 되었습니다."

　"벌써 그렇게 됐습니까?"

　검을 빼 들고 나오던 종하 진인이 고개를 들어 창밖으로 시선을 던졌다.

　벌써 해가 서산마루에 걸려 낙조를 뿌리고 있었다.

　그러고 보니 실내도 아까보다도 훨씬 어두워진 것 같았다. 계속해 나가려면 불을 밝혀야 될 터였다.

　"어서 갑시다. 망령난 노인 때문에 손님들께서 저녁까지 굶으셔야 말이 안 되지요. 허허!"

만박노조는 가벼운 농과 함께 다시 너털웃음을 터뜨렸다.

"그럼 나중에 다시 함세. 그리고 오늘 밤 잠잘 생각은 버리라는 내 말은 계속 유효하네."

종하 진인은 뽑았던 검을 검갑에 도로 넣었다.

유진룡도 호흡을 고르며 긴장시켰던 자세를 풀었다.

평생 학문에만 매진한 노 학사의 집답게 저녁은 소박하면서도 정갈했다.

어느 것을 들어도 맛깔스러웠고, 포만감을 느낄 정도는 아니면서도 푸짐하다는 느낌을 절로 받았다.

저녁 식사가 끝나고 차를 마시며 종하 진인과 구진자는 다시 만학당으로 갈 준비를 했다.

유진룡으로서는 더없이 고마운 일이었다.

어쩌면 생사를 다투는 대결에서 자칫 목숨을 내줄 뻔하면서나 터득하게 될 경험들을 두 사람의 대문파 고수들로부터 아무런 대가 없이 전해받는다는 것은 큰 행운이었다.

그래서 유진룡은 여기서 하루나 이틀만 지내고 떠나려 했던 처음의 계획을 약간 수정하여 사흘 후인 만박노조의 칠순 잔치 때까지만 머물러야겠다고 마음먹었다.

그러다 문득 어쩌면 그것이 만박노조의 목적인지도 모르겠다는 생각이 들었다.

어쨌든 며칠 더 머물겠다는 생각을 굳히니 마음이 조금 여유로워졌다.

'그런데 이건 어쩐다?'

유진룡은 품속에 있는 음습한 그림을 떠올렸다.

며칠 더 여유가 있었지만 손님들이 점점 더 늘어나니 만박노조와 단독으로 만날 수 있는 기회는 더 적어질 것 같았다.

'이왕 부딪칠 것이라면 빠를수록 좋겠지.'

유진룡은 뒷골목 생활 때부터 몸에 익었던 방식대로 속전속결로 움직이기로 했다. 그래서 마웅탁을 통해 만박노조와 단둘이 대화할 자리를 마련하게 했다.

마웅탁은 별일 다 보겠다며 의심의 눈초리를 몇 번 보인 후 만박노조에게 유진룡의 뜻을 전했다.

마웅탁의 반응과는 달리 만박노조는 흔쾌히 유진룡과 단독 면담의 자리를 허락했다.

"그래, 무슨 일로……?"

만박노조는 여전히 온 세상의 진리를 모두 담고 있는 것 같은 눈으로 유진룡을 쳐다보며 물었다.

"제 선사(先師)께서 제 힘으로 풀리지 않으면 언제가 노 학사님을 찾아가 보라는 유지(遺志)를 남기셨습니다."

유진룡은 그렇게 서두를 꺼냈다.

"유지라……."

만박노조의 얼굴에 깊은 의문의 빛이 어렸다.

"선사님이 어떤 고인인지 물어봐도 되겠는가?"

만박노조는 질문을 던졌다.

유진룡은 잠시 망설였다.

사부가 추천한 노인이니 자신의 안위에 무슨 염려가 되는 것은 아니었다. 그러나 자신으로 인해 만박노조에게 무슨 변고가 생기는 것은 걱정이 되었다.

잠시 망설이던 유진룡은 마음을 굳혔다.

사부님은 만박노조를 찾은 자신의 이 행위 자체가 만박노조 신변에 위험을 초래할지도 모른다고 염려하셨다. 그러니 이미 주사위는 던져진 격이었다. 그리고 그런 심각한 위험이 존재한다면 이 노인은 사부님의 함자만 듣고도 무슨 대처를 할 것이다.

어쩌면 그 때문에 먼저 사부의 함자를 물어보는 것일지도 몰랐다.

"생전에 천산마존이란 별호를 얻으셨습니다."

"만수조종?"

만박노조가 목소리를 높였다.

유진룡은 처음 듣는 사부님의 또 다른 별호에 약간 당황한 심정이 되었다. 그러나 곧이어 그 별호야말로 사부님께 가장 어울리는 것이란 생각이 들었다.

천하 영물인 백호와 흑웅을 마음대로 부리는 사람이라면 그런 별호를 얻는 것이 당연할 것 같았다.

"자네는 사부를 언제 만났는가?"

만박노조는 무거운 음성으로 질문을 던졌다.

"사 년이 조금 넘었습니다."

"그렇다면 자네는 자네 사부가 변고를 당한 후 다시 거둔 제자이겠군."

만박노조는 아까보다 더 깊은 눈으로 유진룡을 쳐다보았다.

"그렇습니다."

유진룡은 짤막하게 답했다.

"허허!"

만박노조는 낮은 웃음과 함께 깊고 깊은 눈으로 다시 유진룡을 쳐다보았다.

'그 사람은 결국 고인이 되었구먼. 그리고 인연의 고리가 이렇게 다시 이어지는 것인가?'

만박노조의 눈에 짙은 회한이 어렸다. 그러나 그 색조를 얼른 지운 만박노조는 다시 입술을 움직였다.

"그래, 자네 선사께서 내게 알아보라고 한 것은 무엇인가?"

유진룡은 품속에서 종이를 끄집어내어 만박노조에게 내밀었다.

만박노조는 천천히 종이를 펼쳤다.

종이 위에 그려진 그림을 본 만박노조의 눈이 짧은 순간 말로 형언할 수 없는 기광을 토했다. 그리고는 그의 눈이 빨려들 듯 종이 위에 고정되었다.

그러나 그 반응은 착각처럼 순간적이고 찰나적이었다.

"자네 사부는 이것을 어디에서 얻었다고 하셨는가?"

이젠 무심한 표정으로 그림을 쳐다보던 만박노조는 유진룡에게 물었다.

"그건 사부님의 첫째 제자 소지품 중에 있던 것으로 손바닥만 한 둥근 옥패에 그려져 있었다고 했습니다."

"제자의 소지품?"

"그렇습니다."

"그럼 자네 사부가 그런 변고를 당한 것은 그 옥패를 목격한 때문인가?"

만박노조는 곧바로 짐작을 했다.

유진룡은 고개를 끄덕였다.

"허허!"

만박노조는 탄식 같은 웃음과 함께 두 눈을 감았다. 그리고는 한동안 깊은 생각에 잠겼다.

유진룡은 묵묵히 만박노조의 생각이 끝나기만을 기다리고 있었다.

"그 옥패에는 이 그림만 있었는가?"

한참 후에 만박노조는 다시 질문을 던졌다.

"뒷면에는 하늘 천 자가 양각되어 있었다고 하셨습니다."

유진룡으 대답을 들은 만박노조는 더 이상 아무런 반응을 보이지 않았다.

"그것이 무엇인지요?"

유진룡은 비로소 본래의 목적인 질문을 던졌다.

"그건 지금으로선 나도 답을 해줄 수가 없구면."

만박노조는 유진룡의 기대를 와르르 무너뜨리는 답변을
했다.

유진룡은 짙은 의구심을 담은 눈으로 만박노조를 쳐다보
았다.

"나도 유한한 인간일 뿐일세. 그러니 온 세상을 어찌 다 알
수가 있겠나. 하지만 시간을 좀 주면 알아낼 수 있을지도 모
르겠네. 궁금해도 조금만 참고 며칠만 말미를 주게. 그럼 부
족하나마 답을 해줄 수 있을 것 같네. 대신 지금부터는 누구
에게도 이것을 보이지 말게."

만박노조는 여지없이 기대를 무너뜨린 뒤, 대신 한 가닥의
희망만 이어주었다.

유진룡은 점점 더 궁금한 심정이 되었지만 지금으로서는
도리가 없었다.

"잘 알겠습니다. 괜히 노 학사님의 심기를 어지럽힌 것은
아닌지……."

유진룡은 조심스럽게 만박노조의 눈치를 살폈다.

그러나 만박노조는 깊은 생각에 잠긴 모습으로 눈을 감고
있었다.

"이만 나가보겠습니다."

유진룡은 만박노조를 향해 허리를 숙이고 밖으로 나왔다.

그때까지도 만박노조는 눈을 뜨지 않고 고개만 끄덕였다.

"노 학사님께는 무슨 볼일이 있었던 거야, 형?"

유진룡이 만박노조의 방을 나오자마자 마웅탁이 득달같이 물었다.

자신을 찾아온 유진룡이 만박노조와 단독으로 만나 무슨 밀담을 나누었다는 것이 그로서는 도저히 이해가 되지 않은 것이다.

"정말 내 팔자에 바람기가 그렇게 많은지 심각하게 한 번 더 물어보고 왔다."

유진룡은 마웅탁이 하던 것과 비슷한 투로 농담을 했다.

"그래서 뭐라고 하서?"

유진룡이 진실을 말해주지 않을 것이란 판단을 내린 마웅탁은 금방 표정을 바꾸며 같이 장단을 맞춰왔다.

"삼처사첩으로는 어림도 없겠단다."

"얼씨구!"

마웅탁의 입가에 냉소를 떠올렸다.

"한 명도 제대로 못 감당할 거면서 큰소리는?"

"이놈이… 사람을 바지저고리로 보고 있어."

유진룡은 한 대 때릴 자세를 잡으며 구진자와 종하 진인이 기다리는 건물을 향해 걸음을 빨리했다.

만박노조에게 도천극의 정체에 대해 물어보았으나 궁금증을 풀기는커녕, 오히려 더 증폭되며 머릿속만 복잡해졌다. 그런 심정을 대문파의 고수들과 다시 비무 겸 지도를 받으면서 떨쳐 버릴 생각이었다.

자신은 역시 머리를 쓰며 복잡한 문제를 해결하는 것보다 싸우고 그러면서 막힌 곳을 뚫어가는 것이 체질에 맞았다.

'혹시 이 녀석이라면 알 수 있을까?

만학당 건물이 보일 즈음 유진룡은 그런 생각을 했다.

무슨 목적인지는 몰라도 자신이 동굴에서 수련을 한 만큼 이 녀석은 온갖 책을 다 섭렵하며 책 속에 파묻혀 있었으니 알 수 있을지도 몰랐다.

하지만 만박노조가 그림의 정체를 알아낼 때까지는 아무에게도 보여주지 말라고 했으니 그럴 생각이었다. 설사 만박노조가 그런 당부를 하지 않았다고 해도 당분간 마웅탁에게는 비밀로 하는 게 나을 것 같았다.

언젠가 녀석의 정체도 밝혀지고 여유가 생기면 그때는 물어볼 수도 있을 것이다.

그런 생각을 하는 차에 만학당에 도착했다.

만학당 안에서는 종하 진인과 구진자를 비롯해 그들 문파의 제자들이 다시 모여 검을 빼 들고 몸을 풀고 있었다.

단 하루라도 수련을 하지 않으면 몸이 근질거려 살 수 없는 사람들이 무공과는 상관없는 대학자의 집에 와서 수련을 할 기회를 잡지 못하다가 이곳에 뜻하지 않은 공간이 마련되니 물 만난 고기처럼 검을 휘두르고 있었다.

자파의 사람들만 있는 것이 아니어서 상승검초들은 뿌리지 않고 기본적인 것들로만 몸을 풀고 있었지만 그것만으로도 후끈한 열기가 느껴졌다.

"어서 오게. 그래, 노 학사님과의 면담은 잘 이루어졌는가?"

종하 진인이 먼저 인사를 건넸다.

"그런대로 만족했습니다."

유진룡은 간단하게 답했다.

"그럼, 지금부터는 나한테서도 만족을 해야겠지? 아까 어디까지 했더라…….."

종하 진인은 구진자를 쳐다보았다.

"허초에 대해 열띤 강연을 했지요."

"그렇지. 그런데 내가 할 마지막 부분을 구 진인께서 가로채 갔으니 허초에 대해서는 더 이상 할 것이 없고, 지금부터는 격공(擊攻)에 대해서 공부를 해보기로 하지."

'격공?'

종하 진인의 말에 유진룡은 머릿속으로 빠르게 그 의미를 되새기려 했다.

그러나 그럴 필요가 없었다.

"격공이란… 말 그대로 공간을 격하며 상대를 공격하는 것이네. 아까 자네와 마주치며 느낀 것이지만 근접전에 있어서 자네는 최고의 능력을 갖추었네. 내가 아는 한 자네를 당할 사람은 거의 없을 정도였네. 하지만 무인들의 싸움이 근접전으로만 이루어지지 않는다네. 격산타우(擊山打牛)같이 어떤 물체 뒤에 있는 상대에게 경력으로 충격을 주기도 하고, 백보 밖의 바위를 권경으로 부수는 백보신권(白步神拳) 같은 소림의 전설적인 무공도 있다네. 기를 조절하여 그런 것을 사용할 줄도 알아야겠지만 그런 것에 제대로 대처하는 법도 알아야 하네. 물론 그러려면 절정의 내력이 따라야 하는데… 내가 느끼기에 자네는 이미 그럴 능력을 충분히 가진 상태이네."

종하 진인이 단언하듯 말하자 무당과 화산의 청년들이 더욱 놀란 눈으로 유진룡을 쳐다보았다.

만박노조가 지대한 관심을 가지고 이런 자리를 마련해 줄 때부터 궁금하기 그지없었는데 직접 대결을 해보고, 구진자와 종하 진인과 대결을 벌이는 모습을 보니 더 궁금했다.

그런데 이젠 유진룡이 지닌 일신상의 내력이 절정의 수준이라 하니 놀라울 따름이었다.

"그렇군. 그것에 대해서도 좀 보완이 있어야 하겠군."

구진자도 고개를 끄덕였다.

그리하여 유진룡은 근접전뿐만 아니라 격공에 대해서도 두 사람의 고수들에게 가르침을 받았다.

요결을 전하는 것과 같은 깊은 가르침은 아니었지만 만박 노조의 말대로 아직 완전하지 못한 옥돌 같은 유진룡이었기에 그들의 가르침은 너무나 큰 도움이 되었다. 그래서 유진룡은 한시도 헛되이 보내지 않고 두 고수의 가르침을 받았다.

밤새 가르침과 배움에 매진했던 두 고수와 유진룡은 아침 나절에 운기를 하며 지친 심신을 달랬다.
아침 식사를 하고나서 조금 휴식을 하는 사이 마웅탁이 약간의 의문스런 눈빛과 함께 유진룡에게도 다가왔다.
"대체 어제 노 학사님을 만나 무슨 얘기를 나눈 거야, 형?"
마웅탁은 어제 포기한 질문을 다시 던졌다.
"왜, 무슨 일이 있는 거야?"
한 번 포기한 질문을 다시 하는 마웅탁을 향해 유진룡도 의구심 어린 눈빛을 했다.
"어제 형과 단독 면담을 한 후, 노 학사님께서 어딜 다녀오신다는 말을 남기시고 집을 나가서는 아직 안 돌아오셨어. 잔치가 벌모레로 다가왔고, 오늘부터는 더 많은 손님들이 올 텐데 노 학사님께서 갑자기 그렇게 어디로 출타해서 아침까지 소식이 없으니 가족들 걱정이 커지고 있는 상황이야."
마웅탁은 유진룡을 유심히 쳐다보며 말했다.
평소에는 비밀 같은 건 전혀 없이 사는 것 같았는데 사 년 전, 골목을 탈출하여 소향상회에 도착했을 때 천만뜻밖으로 약초 망태기에서 은자 이천 냥짜리 금불상을 꺼냈다.

평소에는 동전 한 닢도 몸에 지니고 있지 않던 유진룡의 그런 모습은 상상도 못할 일이었다.

그리고 뒤이어 누군가와 거래를 하여 사지로 떠난다는 말은 아예 종잡을 수가 없었다.

그렇게 훌쩍 떠난 유진룡이 이 년 만에 거한의 괴물이 되어 나타나 소향상회의 위기를 구했다.

그것 또한 자신이 예상했던 범주를 한참 뛰어넘었다.

그리고 또 이 년이 지난 지금은 화산과 무당의 두 고수가 자진해서 가르치고 싶을 만한 고수가 되어 나타나 당대의 석학인 만박노조를 단독으로 만나 급히 집을 나가게 하고 하룻밤 새 사라지게 만들었다.

마웅탁도 이젠 유진룡의 정체가 너무 궁금했다.

"저녁에 나가서 아직 안 들어오셨단 말이냐?"

의외의 소식에 유진룡은 얼른 되물었다.

마웅탁은 무겁게 고개를 끄덕였다.

'대체 무슨 일이지?'

유진룡은 짙은 의구심과 함께 적잖이 걱정스런 심정이 되었다.

세상의 진리를 모두 꿰뚫어 볼 것 같이 깊은 학식을 갖춘 노인이니 섣부른 행동을 하지는 않을 것이지만 자신이 도천극의 옥패에 있는 그림에 대해 질문을 한 후 만박노조는 어디

론가 출타하여 아직 안 돌아온 것이다.

유진룡의 가슴에 뭔가 연유모를 불안감이 일었고 아울러 그것이 모두 자신으로 인한 것 같아 마음이 절로 무거워졌다.

"어디, 짐작 가는 데도 없고?"

유진룡은 마웅탁이 해야 할 질문을 자신이 대신했다.

"그건 내가 하고 싶은 질문이야."

마웅탁은 목소리를 높였다.

유진룡은 마웅탁의 눈길을 피하며 잠시 생각에 잠겨 들었다.

어제저녁 만박노조에 그림을 내보였을 때 만박노조는 자신이라고 해서 세상 모든 것을 다 알 수 없다며 고개를 흔들었다. 그러나 처음 그 그림을 보았을 때 노인의 눈은 짧은 순간 기광을 내뿜었다.

노인의 말대로 그것을 전혀 모르는 것은 아닌 것 같았다. 그 그림에서 분명 어떤 단초를 얻은 것 같았고 그것으로 무슨 다른 것의 전모를 짐작하려는 것 같았다.

아마도 그것을 알아보기 위해 만박조노는 급히 집을 비운 것 같았다.

'대체 그게 뭘까?'

유진룡의 가슴에 다시금 짙은 의문이 솟아올랐다.

개방의 칠결장로도 몰랐고, 만박노조도 완전히 알지는 못하고 뭔가 실마리 한 가닥만 잡은 것 같은 그것의 정체는?

그 정체는 곧 도천극의 정체일 것이다. 그리고 또 그것은 자신이 마주쳐야 할 거대한 벽이 될 것이 틀림없었다.

'이러고 있을 때가 아니군.'

생각에 잠겼던 유진룡은 몸을 일으켰다.

만학당으로 가서 화산과 무당의 고수에게 한 가지라도 더 배워서 자신의 결점을 보완해야 할 것 같았다.

"답은 안 해줄 거야?"

마웅탁이 눈을 가늘게 뜨며 말했다.

"지금은 나도 잘 모르는 일이야. 며칠이 지나 봐야 알겠어."

유진룡은 끝까지 답을 회피하며 만학당으로 걸음을 옮겼다.

*　　　*　　　*

"그물이 흔들렸습니다."

청년의 목소리가 약간 다급하게 흘러나왔다.

"어느 정도로 흔들린 것이냐?"

탁한 노인의 목소리가 청년의 말을 받았다.

"은자유림(隱者儒林) 거의 전부가 움직이는 것 같습니다."

청년이 즉각 대답했지만 탁한 목소리의 노인은 잠시 말을 멈추고 있었다.

"놈들이 제 무덤을 파는구나!"

잠시 후에 노인이 깊게 가라앉은 음성으로 말했다.

"근원지는?"

노인이 다시 물었다.

"만박노조입니다."

이번에도 청년이 즉시 답했다.

"그래. 그럴 줄 알았어. 그 늙은이가 항상 말썽이지. 또한 그럴 수 있는 사람은 천하에 그 늙은이뿐이고……."

탁한 목소리의 노인은 칭찬인지 원망인지 모를 어조로 말했다.

"가만히 있었으면 천수를 누릴 텐데 결국 명을 재촉하는군."

노인이 탄식처럼 말했다.

"어떻게 할까요?"

잠시 후 청년이 조심스런 음성으로 질문했다.

"한 가지 방법밖에 없겠지."

노인이 차가운 목소리로 답했다.

"잘 알겠습니다."

청년의 목소리가 순식간에 멀어졌다.

第四十四章

폭풍의 핵

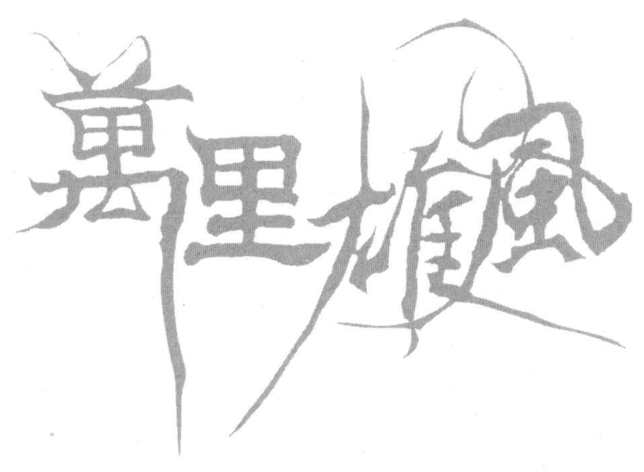

만박노조 댁의 모든 식구들을 비롯한 유진룡과 마웅탁의 우려와는 달리, 만박노조는 점심나절이 되기 전에 집으로 돌아왔다.

돌아오자마자 그는 자신의 방에 칩거하며 꼼짝도 하지 않았다.

집안 식구들과 그들 만나러온 문객들이 모두 궁금해했지만 별일없이 집으로 돌아온 사실만으로도 안도하며 일상으로 돌아갔다.

유진룡도 안도의 한숨을 내쉬며 두 고수들로부터의 가르침에 모든 신경을 집중했다.

기를 조절하여 공간을 격하며 경력을 터뜨리는 것은 허초를 간파하고 그것을 파훼하는 것보다 훨씬 어려웠다.

그러나 유진룡은 조금도 조급해 하거나 힘들어하지 않았다.

그 어떤 어려운 공부라도 칠흑같이 어두운 동굴 속에서 바윗덩이를 짊어지고 생사를 넘나드는 수련에 비할 순 없었다.

그 수련에 비하면 이제 겨우 하룻밤을 지새운 공부는 천국 나들이나 마찬가지였다.

유진룡은 단 한순간의 흐트러짐도 없이 두 고수의 가르침을 차곡차곡 자신의 몸에 새겨 나갔다.

오히려 지치는 쪽은 화산파와 무당파의 젊은이들이었다.

그들 역시 구진자와 종하 진인이 유진룡에게 베푸는 가르침을 옆에서 들으며 그동안 배운 것들을 재 검점해 보는 시간을 가졌지만 하룻밤을 꼬박 새우고 다음날 오후가 되니 신경이 느슨해지기 시작했다.

육체적으로는 그들도 아무 문제가 없었다.

구대문파의 수위 자리를 차지하는 두 거파에서 내력을 다지고 충실한 수련을 하였기에 잠깐의 운기조식으로도 피로는 모조리 밀어냈다.

그러나 정신적으로 긴장이 풀어지고 자신도 모르게 해이해지는 것은 어쩔 수 없었다.

결국 종하 진인과 구진자의 호통을 듣고 그들은 밖으로 쫓겨났다.

　제자들을 쫓아낸 대신, 두 도인들은 감탄스런 눈으로 유진룡에게 모든 관심을 집중했다.

　시간이 갈수록 유진룡의 집중력은 더 강해졌다.

　두 도인은 자파의 비전절기같이 외인에게 전해서는 안 되는 것들은 제외하고 자신이 터득한 것들을 모두 전해주려 전력을 기울였다.

　유진룡은 그들로부터 무공에 관한 것은 물론이고 무기에 관한 지식들, 그리고 강호의 특이한 무공들 각 문파의 특이한 점 등도 수박 겉핥기식이지만 빠르게 익혀 나갔다.

　그렇게 이틀째 저녁을 맞게 되어서야 다시 휴식을 할 수 있게 되었다.

　유진룡은 휴식 같은 건 필요없이 더 매진하고 싶었지만 두 도인들은 오늘 밤은 좀 자야겠다는 말과 함께 공부를 파했다.

　유진룡도 긴 한숨을 내쉬고는 마웅탁의 처소로 돌아왔다.

　마웅탁은 여전히 책에 파묻혀 있었다.

　"지겹지도 않느냐?"

　유진룡은 마웅탁의 책상 위에 쌓인 책들을 보며 고개를 흔들었다.

　"형이야말로 무공 수련이 안 지겨워? 원래 가르치는 사람들보다 배우는 사람이 먼저 지치기 마련인데 가르치는 대 검파의 두 고수들이 먼저 나가떨어졌다면서?"

마웅탁은 어이없는 표정을 했다.

"노인네에 가까운 사람들이라 초저녁잠이 많은 건 어쩔 수 없는 모양이다."

유진룡은 아쉬운 표정으로 혀를 찼다.

"누가 말리겠어."

마웅탁은 고개를 흔들었다.

"사돈 남 말하네."

유진룡도 마웅탁이 읽고 있는 책을 보며 고개를 흔들었다.

"공자님!"

두 사람이 서로를 쳐다보며 미소를 짓고 있는 찰나, 밖에서 다급한 여인의 목소리가 들렸다.

언제나 마웅탁의 약을 챙겨주던 석소정의 목소리였다.

마웅탁은 급히 문을 열었다.

그녀가 자신의 방에서 나갈 때는 열에 여덟 번 정도는 문이 부서져라 세차게 닫고 나갔지만 올 때는 그 누구보다 현숙한 모습으로 왔는데 지금은 뭔가 달랐다. 마치, 금방이라도 울 듯한 모습을 하고 있었다.

"왜 그러시오, 석 소저?"

"할아버지가, 할아버지께서 이상하세요."

석소정은 파랗게 질린 모습으로 고함을 질렀다.

"이상하다니… 어떻게?"

"어서, 좀 봐주세요."

석소정은 반쯤 울 듯한 목소리로 말을 하고는 본채로 달려 가기 시작했다.

“가봐야겠어!”

마웅탁이 급히 일어섰다.

“같이 가보자!”

유진룡도 같이 일어서며 별채를 나왔다.

만박노조 석주양은 심각하게 중독된 상태였다.

시커멓게 타 들어가는 안색과 함께 땀을 비 오듯 흘리고 있었다.

또한 마웅탁과 유진룡이 도착했을 때는 의식도 없었다.

무당의 종하 진인과 화산의 구진자가 진맥을 하며 상세를 살폈고 가내의 의원인 듯한 중년인도 다급하게 움직이고 있었다.

“대체 어떻게 된 일입니까?”

석소정을 향해 마웅탁은 급하게 질문했다.

“저도 모르겠어요. 저녁을 드실 때까진 아무 이상이 없으셨는데 차를 드신 후에…….”

“찻잔은?”

마웅탁은 다시 물었다.

“지금 조사 중이네!”

구진자가 답했다. 그러면서 그는 만박노조의 혈맥에 연신 진기를 불어넣고 있었다.

"독이 들었습니다."

의생인 듯한 청년 두 명이 종류를 알 수 없는 가루들을 뿌린 찻잔에서 은침을 떼어내며 말했다.

"무슨 독인가?"

큰아들 석현승이 다급하게 소리쳤다.

"종류는 알 수 없으나 극한 기운을 지닌 맹독입니다."

찻잔에 뿌린 가루를 쟁반 위에 뿌린 다른 한 청년이 무거운 음성으로 답했다.

"그럼 어떤… 어떻게 하면 중화시킬 수 있는가?"

둘째 아들 석현우도 애간장이 녹아내리는 듯한 표정으로 고함을 질렀다. 그러는 사이에도 만박노조의 얼굴에 어린 검은색 기운은 점점 더 짙어지고 흐르는 땀도 점점 많아졌다.

"시간이 너무 촉박해서……."

의원이 고개를 저었다.

"잠시 제가 살펴보겠습니다!"

의생들과 큰아들 석현승을 밀치며 마웅탁이 만박노조 곁에 다가갔다.

외인이긴 하지만 만박노조의 애정이 각별했던 마웅탁인지라 그들은 잠시 자리를 내어주며 초조하게 마웅탁을 쳐다보았다.

"소도!"

만박노조의 팔을 잡은 마웅탁이 의생을 향해 고함을 치며
손을 내밀었다.

소도를 들고 있던 의생이 석현승의 눈치를 보다가 그가 고
개를 끄덕이자 소도를 내밀었다.

"엇!"

마웅탁이 만박노조의 팔뚝을 긋자 옆에 있던 사람들이 경
호성을 질렀다.

마웅탁은 그들의 반응에도 아랑곳 않고 만박노조의 팔뚝
에서 흐른 피를 쟁반에 담고는 여러 방울로 나누었다.

"백출(白朮)!"

마웅탁이 다시 고함을 질렀다.

젊은 사내가 방바닥에 있던 상자 속에서 가루 한 숟갈을 떠
서 내밀었다.

마웅탁은 그 가루를 받아 한 방울의 피에 조금 뿌렸다.

"삼백초(三白草)!"

마웅탁이 다시 소리를 질렀고 젊은 의생은 똑같이 가루를
떠주었다.

마웅탁은 그 가루를 조금 손끝에 집어 또 다른 핏방울에 뿌
렸다.

그런 과정이 여러 번 반복되었다.

어떤 때는 마웅탁이 요구하는 약재가 없기도 했지만 마웅
탁은 침착하고도 재빠르게 똑같은 행위를 반복해 나갔다. 그

에 따라 어떤 핏방울은 엉기었고, 어떤 것은 부글거리며 끓어 올랐다. 그리고 또 어떤 것은 아무런 변화가 없는 등 제각각의 반응이 나타났다.

"갈영칩독(蝎影蟄毒), 홍와독(紅蝸毒), 백화정분(百花精粉), 견혼수(牽魂水)……."

마웅탁은 온 얼굴에 땀이 송글송글한 채 몇 가지 독의 이름을 밝혀냈다.

그 독의 이름을 듣는 의원의 얼굴에는 무거운 빛이 감돌았다.

순식간에 독의 종류를 밝혀내는 마웅탁의 능력이 놀랄 만했지만 지금은 그것을 감탄할 겨를이 없었다.

마웅탁의 입에서 나온 그 독들은 하나같이 극독이었다.

그것들 중 한 가지에만 중독되었다면 어떻게 해보겠는데 여러 가지가 섞여 복합적인 중독 증상을 보이고 있었다. 아니, 한 가지만 어느 분량 이상 탔으면 바로 즉사할 수도 있었다. 그러나 그렇게 하면 먹기 전에 표시가 나기에 여러 가지를 혼합하여 무색, 무취, 무미의 극독을 만들어 아무 의심 없이 마시게 한 것이었다.

마웅탁도 속수무책이기는 마찬가지였다.

안 읽은 책이 거의 없는 그는 그 책들에서 얻은 지식으로 독의 종류는 밝혀냈지만 더 이상은 어떻게 해볼 도리가 없었다.

시간이 촉박했고, 극독을 중화시키려면 극성의 기운을 가
진 영초나 영약이 있어야 하는데 당장 그것을 구하는 것은 불
가능했다.

"정녕 방법이 없는 건가?"

장남 석현승이 다급하게 물었다.

"시간이 촉박합니다. 그리고 약재도……."

마웅탁은 말끝을 흐리며 입술을 씹었다.

부르기로는 노 학사로 불렀지만 만박노조는 자신의 사부
같은 사람이다. 그런 사람이 갑자기 이런 모습으로 누워 있는
것은 견딜 수가 없었다.

"혹시… 이게 도움이 좀 될까?"

불쑥 나선 유진룡이 마웅탁에게 무언가를 내밀었다.

얼른 고개를 돌린 마웅탁은 유진룡이 내민 물건을 받아들
고 그것을 싼 종이를 풀었다.

그것은 사부가 준 네 뿌리의 산삼 중 한 뿌리였다.

한 뿌리는 팔아서 현금화했고, 다른 한 뿌리는 단리하연에
게 보내고 두 뿌리가 남아 있었다.

마웅탁은 즉시 소도로 산삼의 표면을 긁어 가루를 냈다. 그
리고는 여러 개의 핏방울 위에 뿌렸다.

몇 개의 핏방울이 원래의 색으로 돌아왔지만 다른 것은 그
대로 검은색을 띠고 있거나 부글거리며 끓어올랐다.

"반밖에… 반밖에 중화시키지 못해!"

마웅탁은 고개를 흔들었다.

"하지만 그만큼 시간은 벌 수 있네!"

중년의 의원이 흥분된 목소리와 함께 마웅탁의 손에 든 산삼을 빼앗듯이 채어갔다.

"어서 가루를 내서 속명환과 함께 물에 녹여라!"

의원은 젊은 의생들에게 고함을 질렀다.

의생들이 분주히 움직여서 딱딱한 산삼을 가루로 만들고 다른 환약과 함께 물에 녹였다.

"이것을 마시게 해야 합니다."

의원이 약사발을 들고 종하 진인을 쳐다보았다.

지금의 상태로는 만박노조 스스로는 물 한 모금 못 마실 상황이니 무인의 도움이 필요한 것이다.

종하 진인이 고개를 끄덕이며 손가락을 만박노조의 목덜미 부근에 갖다 댔다.

"시작하시지요."

종하 진인의 말과 함께 의원이 약사발의 약을 숟갈로 떠서 만박노조의 입으로 흘러 넣었다.

그때마다 종하 진인이 혈도에 진기를 불어넣어 약이 만박노조의 목구멍 안으로 흘러들게 만들었다.

"꿀꺽!"

만박노조는 무의식 상태에서 약을 한 모금씩 삼키기 시작했다.

약사발에 담긴 약이 거의 사라졌을 때쯤 만박노조의 얼굴
에 어린 검은색 기운은 훨씬 옅어졌고 온몸에 흐르는 땀도 줄
어들었다.

"급한 불은 껐지만 이 상태로는 이틀을 넘길 수 없습니다."

의원이 다시 절망적인 선언을 했다.

차도가 있는 모습을 보며 조금 밝아졌던 석현승이 얼굴이
다시 납덩이처럼 딱딱해졌다.

"일단 큰 위기는 넘기고, 시간을 벌었으니 그때까지 온 힘
을 다해 다른 방도를 강구해 보십시다."

종하 진인이 핼맥으로 진기를 불어넣으며 애써 가족들을
안심시켰다.

"고맙네, 공자!"

둘째 아들 석현우가 유진룡에게 감사의 인사를 했다.

유진룡은 이 모든 것이 자신 때문에 일어난 것 같아 인사를
받을 마음이 추호도 일어나지 않았다.

일단은 큰 위기를 넘기고 시간을 번 만박노조의 가족들과
의생들이 만박노조를 되살릴 방도를 찾기 위해 분주히 움직
였다.

그렇게 급박한 밤이 깊어갔다.

유진룡과 마웅탁은 물론이고 구진자와 종하 진인 일행은
한시도 자리를 뜨지 못하고 만박노조의 상태를 지키고 있

었다.

그런 어느 순간!

“아악!”

본채 바깥에서 찢는 듯한 비명 소리가 들려왔다.

“무슨 일이냐?”

석현승이 급히 문을 열었고 유진룡과 마웅탁, 그리고 두 도인 일행은 얼른 밖으로 나왔다.

“명이 질긴 늙은이군!”

담장 밖에서 음산한 목소리가 새벽안개처럼 본채를 향해 스며들었다.

낮은 음성이었지만 그 목소리가 너무 스산하게 들려 본채의 모든 사람들이 소리가 난 곳을 향해 고개를 돌렸다.

유진룡과 마웅탁은 물론, 종하 진인과 구진자 그리고 그 문파의 제자들도 신형을 멈추고 바깥채 쪽으로 시선을 모았다.

바깥채에서 한 사내가 훌쩍 담을 넘어 들었다.

깨끗한 백의에 문사건을 쓴 사내는 사십대 중반 정도의 중년인으로 그 차림새만으로는 무인이 아니라 학자로 보였다.

“당신?”

석현승이 놀란 눈으로 중년인을 쳐다보았다.

중년인은 그가 익히 알고 있는 사람이었다.

알고 있다 뿐만 아니라 지난 이 년간 거의 한 식구처럼 지낸 사람이었다.

이름은 화운생(華雲生)이었고, 이 년 전에 문객으로 방문하여 그 학식이 생각보다 높아 만박노조의 환대를 받았다. 그때부터 그는 별채의 한곳에 머물며 때때로 만박노조를 찾아 학문을 논하기도 하고 석현숭과는 술을 나누며 친분을 쌓아왔다.

그런데 그가 이런 모습으로 담을 날아 넘은 것이다.

휘릭!

휘릭!

화운생이 본채 담을 넘은 잠시 후, 이곳저곳에서 바람 소리가 들리며 화운생과 똑같은 백의에 복면을 한 괴인들이 담을 넘어 날아 내렸다.

안채 담장을 거의 둘러싼 그들의 숫자는 얼른 어림이 안 되었다.

"이 모든 것이 당신의 소행?"

석현우가 기각 막힌 표정으로 화운생을 쳐다보았다.

열 길 물속은 알아도 한 길 사람 속은 알 수 없다는 말이 딱 맞았다. 그는 이 년 동안 이곳에서 가장 뛰어난 문객 중 한 사람이었기에 이런 모습을 숨기고 있을 것이라고는 상상조차 하지 못했다.

"하지 말아야 할 짓을 하니 우리도 어쩔 수 없지."

화운생은 여전히 나직하면서도 음산한 목소리로 말했다.

"대체 네놈이 무슨 원한으로 내 부친을 이렇게 했단 말이냐?"

큰아들 석현승이 피를 토하는 음성으로 고함을 질렀다.

"후후! 아무것도 모르는 걸 보니 자식들은 끔찍이 아낀 모양이군. 하지만 아끼려면 끝까지 아껴야지. 그리고 내 손에 깨끗이 죽었으면 가족들까지는 희생시키지 않아도 되는 것을……. 쯧쯧."

혀를 찬 화운생은 손짓을 했다.

안채 담장을 포위하듯 서 있던 복면인들이 앞으로 조여들기 시작했다.

"무도한 놈들!"

구진자가 창노한 음성과 함께 검을 뽑아 들었다.

그를 따라 화산파의 제자들도 검을 뽑았다.

"후후후!"

화운생이 음산한 웃음을 흘렸다.

"화산과 무당의 말코 도사님들과는 상관없는 일이니 곱게 물러나신다면 절대 막지 않겠소."

화운생은 물러나고 싶어도 못 물러날 만큼 구진자와 종하 진인의 속을 긁었다.

어떤 경우라도 물러나지 않은 그들이었기에 차라리 평정심을 흔들려는 의도였다.

챙—

종하 진인도 검을 뽑아 들었다.

무당의 제자들도 검을 뽑아 들며 만박노조의 가족들을 보호하는 위치로 자리를 잡았다.

"하하하! 무섭구려. 무서워서 못 살겠구려. 하하하!"

화운생은 광소를 터뜨리며 종하 진인과 구진자를 바라보았다. 그는 두 고수들도 아랑곳 않는 것 같았다.

쨍—

바깥채에서 병장기 부딪치는 소리가 들렸다.

구진자와 종하 진인 말고도 몇몇 문파에서 축하객으로 온 무인들이 이들을 발견하고 싸우는 모양이었다. 그러나 화운생은 그것마저 예상하고 있는 듯 일말의 동요도 없이 구진자와 종하 진인을 쳐다보고 있었다.

"너희들은 어서 안으로 들어가거라."

석현승이 가족들을 향해 소리를 질렀다.

가족들이 겁에 질린 모습으로 움직이지 못하고 서로의 몸에 의지한 채 떨고만 있었다.

"호원무사들은 없습니까?"

유진룡은 침착한 목소리로 석현승에게 물었다.

"여긴 문가일세."

석현우가 대신 답했다.

"그럼 안으로 보내시는 게 더 위험합니다. 놈들 중 누군가 뒷문으로라도 뛰어들면 속수무책이니까요. 오히려 노 학사님도 이리로 모시고 나와 보호할 수 있게 하십시오."

유진룡이 담담히 말하자 석현승은 다시 재촉하려던 의도

를 접고 종하 진인을 쳐다보았다.

종하 진인이 고개를 끄덕였다.

"최대한 한데 모여 있으시오!"

구진자도 제자들과 식구들을 쳐다보며 말했다.

석현승이 다시 지시를 내리자 방 안에 있던 의생들이 만박노조를 업고 나와 문 앞에 내려놓고 이불로 감싸며 안았다. 만박노조는 여전히 의식을 잃은 채 눈을 감고 있었다.

"후후후! 방으로 들어가는 수고까지 덜어주는구만. 후후후!"

다시 음소를 터뜨리던 화운생은 대경하며 몸을 틀었다.

종하 진인이 검을 휘두르며 터뜨린 검기 한 가닥이 그의 가슴을 자를 듯이 쏘아졌기 때문이었다.

콰앙—

검을 떠난 검기는 뒤쪽의 벽을 가격하며 폭음을 울렸다.

"이런!"

화운생이 칼날 같은 눈으로 종하 진인을 바라보았다.

자신의 예상보다 종하 진인은 고수였던 것이다.

"하지만 상관없어."

화운생은 천천히 손을 들어 올렸다.

"자넨 근접전의 명수이니 가족들을 향해 다가드는 놈들을 막게."

구진자가 유진룡에게 당부하며 앞으로 쏘아졌다.

"쳐라!"

화운생의 뒤에 있던 복면 사내들도 고함과 함께 뛰쳐나왔다.

쨍, 쨍!

순식간에 검명이 울리며 바깥채와 마찬가지로 안채에서도 난전이 벌어졌다.

"공자님… 어떡해요?"

석소정이 만박노조와 마웅탁을 보며 울먹였다.

마웅탁이라고 이런 상황에서는 별 뾰족한 수가 있을 리 만무했지만 최근 들어 그녀는 무슨 일이 생기면 마웅탁을 먼저 찾았다. 아까도 그래서 급히 마웅탁을 찾았고 마웅탁은 그녀의 기대를 저버리지 않고 조부의 생명을 이틀이나 연장시켜 놓았다.

"마음을 침착하게 먹고 함부로 움직이지 마십시오."

마웅탁은 단호한 음성으로 석소정을 안심시켰다.

"괜찮을까, 형?"

마웅탁이 긴장한 표정과 함께 유진룡에게 물었다.

"대문파의 고수들이 두 명이나 되고 그 제자들도 있으니 괜찮을 거야."

유진룡은 종하 진인과 구진자를 보며 마웅탁을 안심시켰다.

아마도 만박노조는 이런 사태를 예측하고 자신에게 가르

침을 주라고 한 것이란 생각이 들었다.

석소정은 마웅탁을 따라 유진룡을 쳐다보았다.

체격은 더없이 든든해 보였지만 무기를 소지하지 않은 것이 불안했다. 그래서 종하 진인이 이곳에 있으라고 한 것 같다는 생각을 했다.

유진룡은 냉정한 눈으로 난전장을 쳐다보았다.

구진자 일행과 종하 진인 일행, 모두 합쳐야 여덟이고 자신까지 아홉이다. 그런데 저들은 몇 배나 더 많은 인원들에다 바깥채에도 더 있었다.

다행히 바깥채에서 싸우는 다른 무가의 사람들이 저들보다 실력이 나으면 우군이 되겠지만 그렇지 못한다면 저들의 숫자는 더 늘어날 것이다.

쨍―

구진자의 검이 복면인 하나와 마주치며 불꽃이 튀었다.

"으윽!"

복면인이 비명을 질렀다.

구진자와 마주친 검에서 엄중한 내력이 밀려들어 내부를 진탕시켰기 때문이었다.

휘리릭―

흔들리는 복면인을 향해 구진자의 검이 매화 꽃잎을 뿌려댔다.

"크윽!"

한 명의 복면인이 구진자의 검에 심장을 꿰뚫리며 무너졌다.

"하앗!"

무당의 종하 진인도 무겁게 검을 뿌렸다.

두 자루의 검이 튀어 오르며 사내 하나의 빈틈이 드러났다. 그곳으로 무당의 검이 빠르게 스며들었다.

"크윽!"

또 한 명의 복면 사내가 바닥으로 뒹굴었다.

"이런!"

화운생이 뒤에서 낮은 신음을 터뜨렸다. 그러나 여전히 그는 뒷짐을 진 채 사태를 관망만 하고 있었다.

파앗―

동료의 죽음을 본 복면인 하나가 화산의 제자를 향해 득달같이 달려들었다.

"어딜!"

화산파의 젊은이가 검을 쳐올렸다. 그는 유진룡의 첫 대결에서 검도 뽑지 못하고 패한 청년인 홍연욱이었다. 그러나 복면인의 검은 바람처럼 홍연욱의 검을 피하며 홍연욱의 목을 향해 날아들었다.

"뭣 하느냐!"

구진자가 고함을 치며 복면인의 검을 쳐냈다.

저승 문턱까지 갔다 온 홍연욱이 황망한 눈으로 구진자를 쳐다보았다.

그를 향해 다시 검이 날아들었다.

이번에는 겨우 검을 쳐낸 홍연욱이 복면 사내를 향해 공격을 펼쳤다.

그러나 그것은 위험을 자초하는 수였다.

허초를 뿌린 복면 사내가 기다렸다는 듯이 홍연욱을 향해 검을 내리쳤다.

"위험!"

홍연욱의 어깨로 검이 떨어지기 직전 그의 사형제지간인 낙화유검 서한고가 검을 뿌려 홍연욱을 베려던 사내의 검을 쳐냈다.

그 사이로 무당의 가진걸이 검을 날렸다.

사내가 겨우 가진걸이 검을 피했지만 종하 진인의 검을 피하진 못했다.

"크윽!"

다시 복면인 하나가 무너졌다.

"망할!"

역정을 토한 화운생이 왼쪽에 있는 복면인들을 쳐다본 후 눈짓으로 만박노조의 식구들 쪽을 가리켰다.

구진자와 종하 진인 등이 똘똘 뭉쳐 검을 휘두르니 포위망에 가두어도 복면인들만 희생이 생겨났다. 그래서 그는 다른 복면인들을 시켜 만박노조 식구들을 공격하게 하여 그들의 신경을 분산시킬 생각이었다. 아니, 그보다는 무당과 화산의 고수들을 묶어놓았으니 이젠 애초의 목적인 만박노조를 처치할 생각이었다.

화운생의 눈짓을 받은 복면인 몇 명이 포위망을 풀며 빠르게 만박노조의 식구들이 있는 쪽으로 달려갔다.

"고, 공자님!"

복면인들이 달려오는 것을 본 석소정이 사시나무 떨 듯 몸을 떨었고, 그녀의 동생 석소향과 석군호는 뒷걸음질을 쳤다. 다른 많은 식구들도 비슷한 모습으로 얼어붙었다.

'허어!'

석현승이 절망적인 모습으로 눈을 질끈 감았다.

이런 일이 있을 줄 알았으면 호원무사들이라도 좀 들여놓았을 텐데 하는 후회가 가슴을 쳤다. 그러나 자신의 집안은 대대로 책의 향기만 뿜어져 나오는 곳이었다. 그런 가문에 호원무사를 들여놓는 것은 붓 대신 검에 먹을 묻혀 글을 쓰는 것만큼 어울리지 않았다.

"물러서!"

마웅탁을 향해 낮게 말한 유진룡은 놈들과의 거리를 가늠했다.

너무 빨리 뛰쳐나가면 한 놈 정도가 옆으로 흘러나와 뒤쪽의 가족들에게 검을 휘두를 수도 있었다. 그렇다고 너무 기다리면 그들이 먼저 산개하며 날아들 수도 있었다.

파앗—

어느 순간 유진룡의 신형이 포탄처럼 쏘아졌다.

"헛!"

유진룡이 같은 식구인 줄 알고 있던 복면인 하나가 경호성을 질렀다.

아무런 예비 동작도 없이 튀어나오는 유진룡의 기세가 절로 뒷걸음질을 치게 만들었다. 그러나 그것은 생각일 뿐!

파앗—

유진룡의 주먹이 제일 앞선 사내의 가슴에 살짝 붙었다가 떨어졌다. 그렇게 떨어져 나간 주먹의 팔꿈치가 이번에는 다른 사내의 갈비뼈 어림에 가격해 갔다.

휘익—

사내가 급히 검을 내리쳤다.

그 순간 유진룡의 팔이 활짝 펼쳐졌다.

"허초?"

사내가 두 눈을 크게 뜨는 순간 펼쳐진 유진룡의 손바닥이 사내의 목을 쳤다.

파앗—

사내의 목에서도 큰 소리는 터져 나오지 않았다. 그러나 사내는 더 이상 움직임을 멈추었다.

휘이익—

유진룡의 신형이 바람처럼 휘돌며 선풍각이 뻗어 나왔다.

두 사내가 동시에 검을 뿌렸다.

유진룡의 발이 바닥으로 급격히 떨어져 내리며 반대쪽 발이 허공을 그어 내린 사내들이 검을 돌려차 나갔다.

쨍—

땡강—

두 자루의 검이 동강이 나며 허공으로 튕겨 올랐다.

휘익—

유진룡의 신형이 두 사람 사이로 스쳤다.

쿵!

쿵!

제일 처음 주먹과 손바닥에 가격당한 두 사내가 비로소 무너졌다. 무너지는 순간에도 그들의 눈에 불신으로 물들며 검이 부러진 채 서 있는 동료들을 쳐다보았다.

"크윽!"

"큭!"

부러진 검을 들고 있던 두 사내도 비명을 질렀다. 그들의 입과 코에서 선혈이 터져 나오고 있었다.

쿵! 쿵!

남은 두 사람도 그 자리에 통나무처럼 쓰러졌다.

복면인들에게 지시를 내렸던 화운생의 두 눈이 크게 뜨여졌다.

아직도 유진룡의 정체를 파악하지 못한 그는 만박노조 식구들 중 누군가 비밀리에 고수를 초빙한 것이 아닌가 하는 의심까지 했다.

석소정은 화운생보다 두 배는 더 크게 눈을 떴다.

석현승과 석현우, 그리고 그의 가족들은 지옥에서 빠져나온 것 같은 표정으로 서로를 끌어안았다.

'역시!'

종하 진인이 안도의 한숨을 내쉬었다.

비록 놈들이 방심하긴 했겠지만 순식간에 복면인들을 처치하는 유진룡의 무위는 자신을 능가하는 것 같았다.

휘익—

잔뜩 고무된 종하 진인의 검이 배는 더 가볍게 날아갔다.

"큭!"

다시 복면인 하나가 비명을 토했다. 종하 진인의 검에 어깨에 큰 상처를 입은 그는 비틀거리며 뒤로 물러났다.

그 사이로 다른 복면인 하나가 득달같이 달려들었다. 그러나 잘 짜인 검진 같은 무당과 화산파의 검세를 뚫지는 못했다.

'저놈!'

화운생은 눈에 불을 켜며 유진룡을 노려보았다.

결코 만박노조의 식솔은 아니었다. 이 년 동안 저런 놈은 본 적이 없었다. 그렇다고 무림문파의 하객들도 아니었다.

그는 오늘까지 방명록을 꼼꼼히 살피며 어떤 무림문파에

서 얼마만큼의 하객이 왔는지 파악해 놓았다. 그리고 그들이 모두 적으로 돌아서는 것까지 감안하여 보고를 올렸고 그에 맞게 인원을 동원한 것이다.

그중에서는 구진자와 종하 진인이 제일 고수였다.

그들도 없애 버렸으면 좋겠지만 그럴 수 없는 경우 그들의 손발을 묶은 후 만박노조를 처치할 계획이었다.

물론 만박노조가 중독으로 인해 깨끗이 죽어버렸다면 모든 계획은 소리없이 취소될 것이었지만…….

어쨌든 저놈은 식솔도 아니었고 방명록에 기재된 무가의 사람도 아니었다.

그런데 어떤 놈들보다 강력한 무위를 지녔다.

단번에 종하 진인 같은 고수가 한 사람 더 는 것이나 마찬 가지다.

그렇다면 전력의 차질이 생긴다.

그새 또 한 명의 복면인이 구진자의 검에 당했다.

마음이 급해짐을 느낀 화운생은 바깥채를 쳐다보았다.

이젠 그들도 불러들여야 할 때였다.

"잘됐군!"

화운생은 입가에 차가운 미소를 피워 올렸다.

바깥채에서 싸우던 복면인들이 몸을 날려왔다.

이렇게 쉽게 끝날 줄은 몰랐는데 자기 집 싸움이 아니라고 무림문파의 사람들이 줄행랑을 놓았거나 적당히 피해 버린 것 같았다.

"반은 저놈을 치시오."

화운생은 손가락으로 유진룡을 가리키며 고함을 질렀다.

무당이나 화산파 사람들 쪽으로 달려가려던 복면인들의 반 정도가 급히 방향을 꺾어 유진룡과 만박노조의 가족이 있는 곳으로 달려갔다.

파앗—

이번에는 유진룡이 일찌감치 그들을 향해 달려나갔다.

순식간에 처치하기에는 무리가 따르는 숫자였다. 그럼 최대한 가족들과 먼 곳에서 싸우며 처치해야 했다.

"가족들을 보호하라!"

구진자가 제자 고일도에게 지시했다.

고일도가 등을 돌렸다.

그의 눈에 대호처럼 쏘아져 오는 유진룡이 보였다.

저런 속도와 기세에 눌려 홍연욱은 검도 뽑아보지 못하고 진 것이란 생각이 들었다.

퍼퍽!

두 줄기 파육음이 터졌다.

제일 앞서 달려오던 사내 두 명이 유진룡의 주먹과 발에 걸려 뒤로 날아가며 동료들의 진로를 방해했다.

"하앗!"

제일 우측에서 달려가던 사내가 유진룡을 향해 검을 휘둘렀다.

유진룡의 신형이 흐릿하게 잔영을 남겼다.

퍼억―

짧은 파육음은 엉뚱하게도 가운데서 터져 나왔다.

제일 가운데에서 진로를 방해당한 한 복면인이니 그 자리에서 우뚝 섰다.

유진룡의 신형은 그를 무시한 채 또 다른 한 명의 복부를 차올리며 휘돌아 나갔다.

쿵―

우뚝 선 복면인이 쓰러졌다.

퍽!

거의 동시에 또 한 명의 사내가 유진룡의 무릎에 복부를 가격당하며 움직임을 멈추었다.

파앗―

유진룡의 신형은 복부를 가격한 사내의 무릎을 밟고 뛰어넘으며 마웅탁에게로 달려드는 사내를 덮쳐 갔다.

사내가 신형을 틀며 검을 휘둘렀다.

허공에 뜬 유진룡의 신형이 급격히 움츠러드는 것 같았다.

그리고 어느 순간 유진룡의 신형은 용수철처럼 터져 나오며 주먹과 발이 한꺼번에 사내를 쳐 나갔다.

따앙―

검이 주먹에 맞아 튀어 올랐다.

그 사이로 유진룡의 발이 포탄처럼 쏘아져 들었다. 그러나 사내의 몸에 닿는 순간에는 깃털처럼 가볍게 스치며 튕기듯 떨어져 나갔다.

유진룡의 발에 가격당한 사내의 눈이 텅 비어갔다. 이윽고 그의 뇌리 속도 텅 비어가며 바닥으로 쓰러졌다.

"더 뒤로 물러서!"

마웅탁과 석소정을 향해 고함을 지른 유진룡은 좌측으로 달려드는 복면인을 향해 달려들었다.

그사이 고일도가 우측으로 달려드는 사내 두 명과 필사적으로 검을 섞고 있었다.

파앗—

땅을 박찬 유진룡은 사내의 옆구리로 주먹을 찔러 넣었다.

사내의 검이 벼락처럼 떨어져 내렸다. 그러나 그 검은 빈 허공만 찢어발기며 땅을 그어갔다.

주먹으로 사내의 허리를 가격하던 주먹은 허초였다. 실초는 휘돌아 나오는 발뒤축이었다.

퍼억!

땅으로 그어 내린 검을 반도 들어 올리기 전에 사내는 온 세상이 어둠으로 변하는 것 같은 착각을 느꼈다.

처음에는 선풍각에서 뻗어 나온 유진룡의 발이 횃불 빛을 가린 때문이었고, 두 번째는 미간 사이에 틀어박히는 유진룡의 발뒤축이 그의 혼백을 산산이 흩어버린 때문이었다.

까앙—

사내가 쓰러지기도 전에 유진룡은 다급한 금속성에 고개를 돌렸다.

고일도의 검이 두 사내의 검에 마주쳐 튕겨 오르고 있었다. 그 사이로 한 사내의 검이 스며들며 고일도의 심장을 갈라갔다.

고일도가 필사적으로 몸을 틀었다. 그러나 사내의 검이 한 발 빨랐다.

"안 돼!"

구진자가 고함을 질렀다.

"하앗—"

유진룡은 우뢰 같은 고함과 함께 주먹을 쭈욱 뻗었다.

고일도의 심장을 갈라가던 검이 심장 한 치 앞에서 멈추었다.

유진룡의 정권에서 터져 나온 기운이 반 장 정도의 거리를 격하고 고일도의 심장을 베어가던 사내의 명문혈을 파고든 것이다.

쿵!

사내가 무너졌고 죽음 직전에서 되살아난 고일도가 다른 한 사내를 향해 검을 휘둘렀다. 그 옆으로 다른 한 사내가 달려들었다.

휘익—

그 사내를 향해 유진룡의 주먹이 다시 날아들었다.

공간을 격하고 권경을 터뜨리는 유진룡의 주먹을 본 사내가 급히 검을 거두며 뒤로 물러섰다.

유진룡이 피식 미소를 흘렸다.

이번에는 권경을 터뜨리지 못했다.

다급한 상황에서는 불식간에 한 번은 되었는데 이번에는 되지 않았다. 그래서 자연스럽게 허초가 되고 만 것이다.

어쨌든 그것으로 고일도의 목숨을 또 한 번 구했다.

그로 인해 고일도는 상대하던 한 명을 베어 넘겼다.

"하앗!"

모욕을 당했다고 생각한 복면 사내가 황소처럼 달려들었다.

파앗!

유진룡의 발이 그대로 솟아오르며 달려드는 사내의 옆구리를 가격했다.

"크윽!"

사내가 비명과 함께 비틀거리며 뒤로 물러났다.

휘익—

그를 향해 다시 유진룡이 주먹이 날아들었다.

큰 파육음이 함께 사내의 몸이 구진자와 싸우고 있는 동료들을 향해 날아갔다.

그로 인해 복면 사내들 사이의 빈틈이 더 크게 생겨나며 무당과 화산의 검이 신속히 날아들었다.

세 명의 사내들이 한꺼번에 쓰러졌다.

"두 번이나 내 목숨을 구했군요."

고일도가 고개를 숙였다.

"아직 다 끝난 건 아닙니다."

유진룡은 구진자와 종하 진인 쪽을 보며 답했다.

구진자와 종하 진인 등은 검진을 짠 듯이 똘똘 뭉쳐 한 명씩, 한 명씩 처치해 나가고 있었다.

명문검파의 검은 저래서 무서웠다.

그들의 엄중한 초식은 신속한 살행에 있어서는 불리할지 몰라도 완벽한 공수와 함께 정석으로 싸우는 데는 어떤 흑도 문파도 따를 수 없었다.

"크윽!"

가진걸의 검에 걸린 한 명의 복면인이 쓰러졌다.

그리고 다시 한 명!

이젠 저들도 얼마 남지 않아 모조리 쓰러질 것이다.

유진룡은 긴 한숨을 내쉬었다.

"대단해, 형! 예전에 바위 던지기는 장난 수준이야."

마웅탁이 고개를 저었다.

그 옆에 붙어선 석소정이 괴물을 보듯 유진룡을 쳐다보고 있었다.

털썩!

가족들 중 누군가가 긴장이 풀렸는지 바닥에 주저앉았다.

평생 글만 읽고, 글 읽는 소리만 들으며 살아온 그들에겐 지금의 상황은 지옥이나 마찬가지였을 것이다.

파앗―

갑자기 유진룡의 발이 땅을 박찼다.

그의 발에 채인 부러진 검 한 자루가 허공으로 떠올랐다.

검신은 거의 부러져 나가 손잡이로부터 한 뼘 정도만 날이 남아 있었다.

그것을 잡은 유진룡은 세차게 허공으로 던졌다.

휘이잉―

자루 부분만 남은 검이 귀곡성을 울리며 날아갔다.

"크윽!"

일의 실패를 느끼고 도망을 가던 화운생이 비명을 지르며 쓰러졌다.

그는 문사에 더 가까운 첩자인지라 무공은 고일도보다도 아래였다.

"저놈을 잡아야 해독약을 정확히 조제할 수 있어."

유진룡이 급히 몸을 움직였다.

"그런 일은 내가 하겠소. 유 공자는 여길 지키시오."

고일도가 급히 달려가서 쓰러진 화운생을 끌고 왔다.

그러는 사이 종하 진인과 구진자 사이의 싸움도 서서히 끝나가고 있었다.

처음부터 지금까지 제자들을 보호하며 싸우느라 제대로 뿌려지지 못했던 두 도인의 검이 점점 더 날카로워지며 복면인들 사이를 헤집어 들었다.

"크윽!"

"큭!"

연신 비명 소리가 들렸다.

이제 남은 놈들은 열 명도 되지 않았다.

"철수한다!"

모든 것이 틀어진 것을 느낀 한 명이 고함을 질렀다. 그러나 그게 그렇게 호락호락하지가 않았다. 거의 비슷한 숫자가 되자 이젠 화산과 무당의 사람들이 그들을 막거나 포위하기 시작했다.

"망할!"

철수를 명령한 복면인이 고함을 지르며 필사적으로 검을 휘둘렀다.

그들의 검을 막으며 구진자와 종하 진인의 검이 더 빠르게 날아들었다.

"어서, 아버님을 다시 방으로 모셔라!"

이젠 더 이상 이쪽으로는 위험 요소가 닥칠 수 없음을 느낀 석현승이 고함을 질렀다.

만박노조의 가족들과 의생들이 만박노조를 방으로 옮겼다.

"난, 형 정체가 뭔지 정말 궁금해."

마웅탁이 유진룡을 보며 눈을 가늘게 떴다.

"그러는 네 녀석은?"

유진룡도 눈을 가늘게 뜨며 마웅탁을 쳐다보았다.

"크윽!"

마지막 비명 소리와 함께 모든 싸움이 끝났다. 그러자 바깥 채에서 하객들이 뒤늦게 몰려왔다.

"여긴 괜찮으니 신경 쓰지 말고 그쪽에 부상자들이 있으면 속히 방으로 옮겨주시오!"

둘째 아들 석현우가 안채로 몰려드는 사람들을 보고 고함을 지르며 그들의 유입을 막았다.

그들은 안채의 모든 사람들이 무사하다는 것은 알고는 제 각각의 거처로 돌아가거나 바깥채의 소란을 정리하느라 부산 하게 움직였다.

"수고 많았네! 그리고 내 제자 놈 목숨을 구해줘서 고맙 네."

유진룡에게 인사를 차린 구진자는 고일도를 쳐다보며 한 숨을 내쉬었다.

까닥했으면 자신과 함께한 강호행에서 불귀의 객이 될 뻔 했던 것이다. 만약 그랬다면 평생 가슴에 한으로 남았을 것이 다.

"정말 고맙소, 공자! 공자 덕에 아버님은 물론, 우리 모두 목숨을 구했소!"

석현승도 유진룡에게 인사를 했다.

종하 진인과 구진자가 없었더라도 자신들 목숨은 스스로의 것이 아니었을 테지만 제일 가까운 곳에서 직접적으로 목숨을 구한 사람은 역시 유진룡이었다.

"고맙습니다. 두 분 도사님들!"

뒤이어 석현승은 종하 진인과 구진자에 대해서도 구명지은에 대한 예를 표했다.

"아니, 아니올시다. 어쩌면 우리 같은 사람들이 들어오며 위험한 기운도 같이 따라 들어와 이런 일이 벌어진 것 같아 마음이 무겁습니다."

구진자는 유진룡이 하고 싶은 인사를 한 자도 틀리지 않게 대신했다.

"그런데 이자들의 정체는?"

석현승이 쓰러진 복면인들을 보고 혼잣소리처럼 말했다.

"나중의 몇 놈은 기절시켜 놓았으니 알아낼 수도 있겠지요."

종하 진인은 날카로운 눈으로 쓰러진 자들을 훑었다.

"이런……!"

종하 진인이 신음성을 토했다.

기절하고 쓰러진 줄 알았던 놈들이 모두 독단을 깨물고 있었다. 그건 부상만 당한 채 쓰러져 있던 자들도 마찬가지였다.

유진룡은 급히 화운생을 쳐다보았다.

그는 부러진 칼자루에 등을 제대로 가격당하여 독단을 깨물 사이도 없이 기절한 듯 숨이 붙어 있었다.

구진자가 급히 화운생의 아혈을 짚었다.

혹시라도 깨어나서 독단을 깨물지 못하게 하기 위함이었다.

"어서 장내를 정리하라!"

석현승이 가솔들에게 지시를 내렸다.

"너희들도 도와주어라."

종하 진인이 제자들에게 지시를 내렸다.

학문만 연구하던 집에서 일을 돌보던 사람들이었기에 선혈이 낭자한 시신들을 제대로 치우지 못할 것이 분명했다. 그래서 그들의 처리를 제자들에게 맡긴 것이다.

"마 공자는 우 의원과 함께 아버지가 중독된 독에 대해 계속 알아봐 주시게."

석현우가 마응탁에게 부탁했다.

마응탁이 무겁게 고개를 끄덕이고 석소정과 함께 안으로 들어갔다.

"우린 이놈 정체를 캐볼 테니 너희들은 계속 이곳에 남아 혹시 모를 사태에 대비하거라."

종하 진인이 제자들에게 당부하고 화운생을 쳐다보았다.

유진룡은 쓰러져 있는 화운생을 한 손으로 간단히 들어 허리에 끼웠다.

무인보다는 학자에 더 가까운 자라서 그런지 무게도 가벼웠다.

"가세!"

종하 진인이 별채에 있는 자신의 처소로 향했다.

"정체를 순순히 말해주면 보내주겠네."

구진자가 깨어난 화운생의 눈을 보며 말했다. 그러나 화운생의 눈은 아무런 빛을 발하지 않았다.

"아혈부터 풀어야 하지 않겠소?"

종하 진인이 옆에서 거들었다.

"그랬다간 독단을 깨물 테고……. 우선 독단부터 찾아봅시다."

구진자는 화운생의 입을 벌리고 독단을 찾았다.

"여기 있군. 지독한 놈들!"

혀 아랫부분에서 독단을 찾아낸 구진자는 혀를 차며 그것을 끄집어냈다.

콩알 크기만 한 그것은 깨물면 극독이 터져 침과 함께 목구멍으로 넘어가 즉사하게 되어 있었다.

푸스스!

내공으로 독단을 태워 버린 구진자는 화운생의 아혈을 틔웠다.

“캑, 캑!”

아혈이 트이자 화운생은 몇 번 기침을 했다.

“날 죽여라!”

기침을 멈추고 고개를 든 화운생이 독사 같은 눈을 뜨며 소리를 질렀다.

“그럴 수야 없는 일이고… 정체를 말해주면 오히려 살려주지.”

종하 진인이 설득을 시도했다. 그러나 화운생은 독기만 더 짙게 뿜을 뿐, 정체를 밝힐 기미는 조금도 보이지 않았다.

그리고 틈만 나면 혀를 깨물려고 해서 그때마다 아혈을 점하고 다시 풀어주며 심문을 하는 과정이 반복되었다.

“노 학사를 중독시킨 독의 해독약은?”

한참 뒤 유진룡이 나서서 그것을 물었다.

만박노조가 깨어나면 이자의 입을 통하지 않더라도 자연히 알게 될 터였다.

“그것 역시 모른다. 그냥 시키는 대로 독을 받아와 중독시켰으니…….”

화운생은 완강하게 고개를 내저었다.

유진룡은 난감한 기분이 들었다.

이자를 통해 만박노조가 중독된 독의 종류를 하나도 빠뜨리지 않고 안다고 해도 해독을 시키기 힘들 텐데 이자는 시키는 대로만 했을 뿐이라는 말이다.

"되도록 이런 일은 안 벌어지기를 바랐는데… 이젠 고문이
라도 해서 알아내는 수밖에 없겠군."

구진자가 도관을 벗으며 앞으로 나섰다.

그의 눈에는 얼음장같이 차가운 빛이 흘러나왔다.

유진룡은 화운생의 처리를 두 도인들에게 맡기고 밖으로
나와 본채로 갔다.

화운생의 정체나 그를 사주한 곳의 정체보다 당장은 만박
노조를 해독시키는 것이 급했다.

"어떻게 됐어?"

온 얼굴에 피로한 기색과 함께 마침 밖으로 나오는 마웅탁
을 보고 급하게 물었다.

"그대로야. 더 이상은 나아지지가 않아."

마웅탁은 무거운 표정으로 고개를 흔들었다. 그 표정을 보
는 유진룡의 마음은 더욱 무거워졌다.

第四十五章

괴인(怪人)

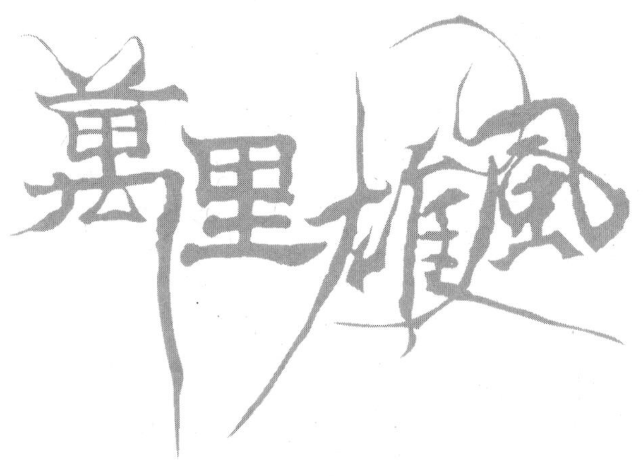

무거운 마음으로 안채를 벗어나던 유진룡은 언뜻 고개를 들며 안광을 빛냈다.

어둠이 짙게 깔린 별채 바깥, 그러니까 만박노조의 집 밖에 있는 한 그루 큰 나무 위에서 뭔가 이질적인 기운이 느껴졌다.

바람이 불며 나뭇가지와 잎들이 흔들리자 나뭇가지의 짙은 음영 속에 몸을 숨기고 있던 인영의 형상이 언뜻 눈에 띄었다.

혼란스런 마음이 만들어낸 착각일 수도 있지만 확인은 해 볼 필요가 있었다.

유진룡은 아무런 낌새도 느끼지 못하게 그 자리에서 시선만 그곳으로 주며 걸었다.

휘익—

나뭇가지 사이에서 한 인영의 그림자가 비조처럼 쏘아져 나오며 날아갔다.

‘엇!’

유진룡의 신음을 삼켰다.

그쪽으로 고개도 돌리지 않았다.

그림자를 발견하고 짧은 순간 시선만 준 것뿐인데 괴인영은 자신이 발각되었음을 눈치 채고 비조처럼 몸을 날린 것이다.

과연 자신이라면 그런 상황에서 은신이 탄로났음을 느낄 수 있을까 하는 의심이 들 만한 신속한 움직임이었다.

휘익!

유진룡도 반사적으로 신형을 날렸다.

한참을 달렸는데도 괴인영과의 간격은 크게 좁혀지지 않았다.

경공만 본다면 아까 복면을 하고 나타난 자들보다 고수 같았다.

파앗—

유진룡은 가일층 세차게 땅을 박찼다.

괴인이 단순히 동정을 살피다가 은신이 발각되어 죽어라

도망을 가는지, 아니면, 자신을 유인하기 위해서 은신을 일부러 드러내고 이렇게 달려가는지는 알 수가 없었지만 가는 데까지 가보는 수밖에 없을 것 같았다.

만박노조가 중독당해 이틀을 넘길 수 없는 이 상황에서는 위험을 감수하더라도 모험을 감행할 수밖에 없었다.

휘익—

괴인영의 신형이 골목을 급하게 돌았다.

유진룡은 골목 끝에 가까워지자 허공으로 몸을 날렸다.

골목의 끝 쪽은 언제나 위험했다.

뭔가 거슬리는 느낌을 받는 순간 칼이 날아와 가슴에 꽂혔고, 더 위험한 것이 튀어나올 수도 있었다. 그래서 유진룡은 골목을 돌지 않고 담장 끝을 박차며 다른 골목의 중간 부분으로 날아 내렸다.

피피핑—

날카로운 파공음과 함께 무언가가 날아왔다.

유진룡의 모공과 솜털 끝이 맹렬하게 경고 신호를 보냈다.

파앗—

유진룡은 땅에 발끝이 닿기가 무섭게 신형을 틀었다.

암기가 허공 속으로 사라졌다.

골목 뒤쪽에서 골목을 돌아 나오는 자신을 향해 암기를 발사한 괴인영이 암기통을 버리고 신속히 사라졌다.

골목 끝을 향해 만반의 발사 준비를 하고 있던 그는 유진룡이 갑자기 허공에서 골목 중간으로 뛰어내리자 당황하여 제대로 맞추지 못하고 황급히 암기통까지 버린 것이다.

퍼억—

유진룡은 땅을 박차며 암기통을 걷어찼다.

대나무 마디 하나를 자른 것 같은 암기통이 쾌속하게 날아갔다.

앞에서 달려가던 괴인영이 급히 상체를 숙였다.

암기통은 아슬아슬하게 괴인영의 머리 위로 지나갔지만 그로 인해 유진룡과 괴인영 사이의 거리가 좀 더 좁혀졌다.

이젠 조금만 더 힘을 쏟으면 괴인의 등에 주먹을 찔러 넣을 수 있을 것 같았다.

휘익—

다시 골목이 직각으로 꺾어지며 괴인영의 신형은 골목 뒤로 꺾어졌다.

유진룡은 이번에는 골목 끝을 뛰어넘지 않았다.

달려가는 속도 그대로 꺾어지는 담장 모서리를 걷어찼다.

콰앙—

큰 폭음과 함께 직각의 모서리 한쪽이 포탄을 맞은 듯 무너졌다.

"으음!"

낮은 신음 소리가 들렸다.

모서리 끝에 바짝 몸을 붙여 골목을 돌아 나오거나, 아니면, 아까처럼 골목 중간으로 날아 내리는 경우를 예상하며 준비를 하고 있던 괴인이 박살이 나며 튀어나오는 담장의 잔해에 가격을 당한 것이다.

비틀거리며 다시 경공을 펼치려던 괴인이 자신 앞에 우뚝 서 있는 유진룡을 보며 그 의도를 접었다.

쨍—

괴인이 신속히 검을 뽑았다.

유진룡은 묵묵히 그를 지켜보았다.

복면 사이로 드러난 그의 눈에서 찰나적으로 이질적인 기운이 흘러나왔다.

그 기운은 살기라기보다는 뭔가 그 반대의 기운 같았다.

'함정인가?

유진룡은 주변을 살폈다.

생각과는 달리 포위당한 것 같은 낌새는 느껴지지 않았다. 그런데도 사내의 조금 전 눈빛에는 목표를 함정에 빠뜨리고 만족해하는 그런 웃음기와 비슷한 것이 묻어 있었다.

"이젠 정체를 밝힐 때가 된 것 같은데……?"

유진룡이 괴인의 도주를 적절히 견제하는 자세와 함께 말했다.

괴인은 여전히 묵묵부답으로 검만 치켜든 채 서 있었다.

그 순간!

쉬익—

괴인의 검이 득달같이 유진룡의 가슴을 찔러 들었다.

전혀 예비 동작 없이 튀어나오듯 찔러드는 검은 유진룡의 가슴을 진탕되게 할 정도였다.

유진룡은 반사적으로 신형을 틀며 검을 피했다.

휘익―

찔러 들던 검이 그대로 그어왔다.

유진룡은 신속히 손을 뻗었다.

검신이 손등에 걸리며 검이 팅겨 올랐다.

그 속으로 유진룡의 주먹이 바람처럼 스며들었다.

신속히 몸을 틀어 유진룡의 주먹을 피한 괴인은 팅겨 오른 검을 다시 휘둘러 유진룡의 목을 노렸다.

유진룡은 훌쩍 뒤로 물러나며 괴인의 모습을 살폈다.

정체에 앞서 아까 괴인의 눈에서 흘러내리던 웃음 같은 기운이 계속 마음에 걸렸다.

'잡아보면 알겠지.'

유진룡은 생각을 굳혔다.

혹시 모를 함정이나 포위에 대비해 다른 쪽으로도 신경을 쓰며 싸웠는데 여전히 그런 낌새는 보이지 않았다. 그럼 이젠 최대한 빠른 시간 안에 잡아 좀 무식한 방법으로 정체를 캐내는 수밖에 없었다.

파아앗―

본격적인 백호십이수가 펼쳐지며 유진룡의 신형이 대호처

럼 괴인영을 향해 쏘아졌다.

"하앗―"

괴인영도 경시할 수 없는 듯 신속하게 검을 휘둘렀다.

우우웅―

괴인의 검에서 무거운 진동음이 일며 유진룡의 진로를 한 발 앞서 차단해 왔다.

그것은 어제 무당 종하 진인과 처음 마주쳤을 때와 비슷했다.

종하 진인은 유진룡의 초기 움직임을 검의 방향을 약간 바꾸는 것만으로 막아버렸다.

지금 괴인의 검에서 스며 나오는 무거운 기운 역시 그런 작용을 했다.

그러나 유진룡은 조금도 주저하지 않고 그 기운 속으로 손과 발을 찔러 넣었다.

처음 마주쳤을 때는 도저히 뚫을 수 없는 기운 같아 보였지만 그런 기운은 더 강한 기운에 마주치면 흩어질 수밖에 없음을 학습했다.

파파파팡―

유진룡의 손과 발에서 뻗어 나오는 기운이 괴인의 검에서 뻗어 나온 기운을 사정없이 두드리며 폭음을 만들어냈다.

괴인의 검첨이 흔들리며 기운이 수그러들었다.

"하앗!"

유진룡의 신형이 흔들리는 기운 속으로 쾌속하게 스며들었다.

복면 사이로 드러난 괴인의 눈동자가 어지럽게 흔들렸다.

예상 못한 유진룡의 기세에 당황하는 모습이 역력했다.

쉬이익—

괴인의 검이 또 한 번 변화를 일으켰다.

유진룡은 펼치던 초식을 바꾸며 검초의 빈틈 속으로 발을 찔러 넣었다.

파앗—

검이 신속한 변초를 뿌리며 검첨이 튀어나왔다.

유진룡 역시 찔러 들어가던 발을 신속히 빼내며 괴인의 가슴을 향해 왼쪽 손바닥을 활짝 펼치며 두드려 갔다.

"헛!"

괴인의 입에서 처음으로 경호성이 흘러나왔다.

날카로운 변초에 이은 구름 같은 허초로 유진룡은 속이려 했는데 유진룡은 그것을 꿰뚫어 보고 같은 허초로 맞받아치며 가슴을 두드려 온 것이다.

퍽!

괴인의 가슴에서 파육음이 터졌다.

"으윽!"

답답한 신음과 함께 괴인이 주르르 뒤로 물러났다.

쐐애액—

유진룡은 괴인이 중심을 잡을 틈도 주지 않고 해일처럼 휩쓸어갔다.

"그만 하세! 그만!"

괴인이 황급히 고함을 지르며 손사래를 쳤다.

'뭐야 이건?'

한 번 더 괴인을 가격하고 두들겨 잡으려던 유진룡은 급히 신형을 멈추고 멍하니 괴인을 쳐다보았다.

"콜록!"

기침을 토한 괴인이 복면을 벗었다.

"당신은?"

유진룡는 눈을 크게 떴다.

뜻밖에도 괴인은 무석에서 만난 영화전장의 주인이란 중년인이었다. 또한 그는 무석뿐만 아니라, 중원에 산재한 전 영화전장의 총주인이기도 했다.

"당신이 어떻게?"

유진룡은 기도 안 차는 표정을 지으며 중년 사내에게로 다가갔다.

영화전장의 총주(總主)라는 중년인은 검갑에 검을 꽂으며 유진룡에게 맞은 가슴의 통증이 만만치 않은지 계속 가슴을 주물렀다.

"마지막 순간에 내력을 거두지 않았으면 죽을 뻔했군!"

총주가 다시 기침을 하며 미소를 지었다.

그는 유진룡의 장심에서 뻗어져 나올 수도 있었던 치명적인 침투경을 짐작한 듯했다.

"대체 어찌 된 일입니까?"

이젠 불끈 짜증까지 묻어난 목소리로 유진룡은 고함을 쳤다.

그러잖아도 만박노조 집의 괴변으로 인해 정신이 산란했는데 이 중년인까지 몸과 마음을 피곤하게 했던 것이 역정을 토하게 했다.

"그러게… 적당히 하고 내버려 두었으면 난 내 갈 길로 가고, 자넨 자네 할 일 하고 좋지 않았나?"

중년인도 약간 투정 섞인 목소리로 답했다.

"그 상황에서는 어쩔 수 없는 일이었지요."

"나도 마찬가지네. 우리 하는 일이 그런 것인데 어쩌겠나."

영화전장 총주는 입맛을 다셨다.

이 중년인은 만박노조 집에 처들어왔던 괴인과는 다른 무슨 용무가 있다는 말이었다.

"무슨 일이 있어 이곳까지 오셨단 말입니까?"

유진룡은 큰 기대를 하지 않았지만 치밀어 오르는 궁금증에 질문을 던졌다.

대학자인 만박노조의 집에 갑자기 너무 많은 일이 생기고 음습한 시선들이 집중된다는 느낌을 받았다.

그리고 그건 공교롭게도 자신이 온 다음날부터였다.

"당연히 무슨 의뢰를 받았으니까 온 게 아니겠나."

예상대로 총주는 당연한 걸 왜 묻느냐는 표정으로 답했다.

"대체 그게 무엇입니까?"

유진룡은 다시 물었다.

"그걸 밝히면 우리 전장은 그날로 문을 닫게 되네. 그건 창립 이념이기도 하다네."

총주는 다시 미소를 지으며 고개를 저었다.

유진룡은 허탈한 한숨을 내쉬었다.

아직 친구도 아니지만 적도 아니었다. 그러니 닦달을 하여 뭔가를 알아낼 수도 없었고 답답한 기분만 가중되었다.

"총주인이라던데 이런 일도 직접 하시는 모양이지요?"

마음을 조금 가라앉힌 유진룡은 다른 질문을 했다.

"일이 일이다 보니 내가 직접 나섰네. 그런데 오늘 일은 자네 덕분에 망쳤네."

총주는 약간은 원망스런 눈으로 유진룡을 쳐다보았다.

"제대로 은신을 하셨으면 저 역시 이런 헛수고를 할 필요가 없었지요."

유진룡은 피식 웃으며 빈정거렸다.

"내 은신술이 그렇게 형편없었나?"

유진룡의 미소를 보며 영화전장 총주는 심각한 표정으로 물었다.

"형편없다 뿐이겠습니까. 지나가는 아이들도 다 알아볼 것 같았습니다."

유진룡은 목소리를 높이며 등을 돌렸다.

헛수고에다 뭔가를 알아낼 것도 없으니 돌아갈 수밖에 없었다.

"그들이 누군지 아나?"

유진룡의 등 뒤에 총주의 목소리가 날아들었다.

유진룡은 얼른 등을 돌렸다.

"저번에도 말했지만 자네에게 기대가 크네. 그러니 고객 관리 차원에서 한 가지 봉사를 하지. 아직 정확한 건 아니지만 그들은 밀영(密影)이란 단체일 것 같네."

"밀영?"

유진룡은 급히 눈 사이를 좁혔다.

전혀 들어보지 못한 이름이었다. 그러나 마웅탁이나 종하진인 등은 알고 있을 수도 있었다.

"그놈들이 왜 만박노조 집을 습격했는지는 모르겠지만 조심하는 것이 좋을 걸세. 생각보다는 막강한 집단이니 말일세."

총주는 그들의 위험성까지 경고해 주었다.

"다시는 이런 식으로 마주치지 말도록 하세나."

총주는 한 번 더 기침을 하며 어둠 속으로 사라졌다.

유진룡은 좀 더 그 자리에 서서 총주가 사라진 방향을 쳐다보았다.

"그리고 자네가 이곳에 와서 의뢰한 일은 시간이 좀 걸릴 것 같네. 최근 들어 그들의 움직임이 많이 불규칙해지고 있네. 거기다 그들 주변에 깔린 자들이 많아 은밀히 접근하는 데는 만만찮은 노력이 필요할 것 같네."

총주의 전음성이 귓전을 두드렸다.

그는 이틀 전에 이곳 영화전장 지부에 맡긴 자신의 또 따른 의뢰에 대해서도 알고 있었다.

하긴, 철사홍과 주애청에게 자신의 전갈을 전하라는 의뢰에 은자 오백 냥을 쏟아 부었다.

사기를 당한 기분이 들었지만 견적이 그렇게 나온다고 했다.

그들의 능력을 몰랐다면 백번 거절했겠지만 첫 거래의 결과에 잔뜩 고무되어 있었기에 그냥 맡겨 버렸다.

그 정도 금액이면 그들에겐 큰 액수가 아닐지도 몰랐다. 어쩌면 그보다 그곳에서 은자 일만 냥짜리 전표를 바꾸었기에 총주의 귀에도 들어갔을 것이란 생각이 들었다.

'밀영이라……?'

어쨌든 그자들이 속한 조직의 이름을 안 것으로도 큰 수확이었다.

종하 진인과 구진자가 화운생을 닦달하여 그자에게서도 같은 이름을 토설받았다면 그것이 거짓이 아니라는 것을 확인하는 것으로도 가치가 있었다.

'이곳을 중심으로 대체 무슨 일들이 벌어지고 있는 것일까?'

속으로 중얼거린 유진룡은 만박노조의 집을 향해 바람처럼 몸을 날렸다.

『만리웅풍』 5권에 계속…

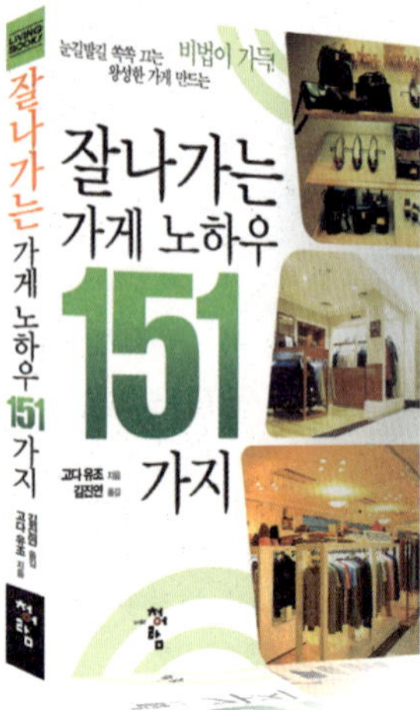

눈길발길 쏙쏙 끄는 **비법이 가득!**
왕성한 가게 만드는

잘나가는 가게 노하우 151가지

고다 유조 지음
김진연 옮김
가격 9,800원

물건이 팔리지 않는 시대!
왕성한 가게 만드는 비법이 가득!

가게 안에 웅덩이를 만들어라
조명만 조금 바꿔도 매출이 팍 늘어난다
보기 쉽고, 집기 쉬운 가게 배치는 '경기장 형' 이 최고 등등
가게에 실제로 적용했을 때 매출이 오른 노하우만 알차게 수록
외관, 입구, 배치, 내장, 조명, 디스플레이에서 사원교육까지

도움이 되는 '발견' 이 가득가득.
당신 가게를 회생시키기 위한 소중한 책!

유행이 아닌 자유추구 —
WWW.chungeoram.com

BOOK Publishing CHUNGEORAM

초등학생이 반드시 읽어야 할 좋은 책 49권

각 학년별로 초등학생이 반드시 읽어야할 좋은 책을 선정하여 통합논술의 기본이 되는 '올바른 독서법'을 일깨워 줍니다.

교과서와 함께하는 초등학교 통합논술

초등1학년 | 값 12,000원 | 초등2학년 | 값 9,500원 | 초등3학년 | 값 11,000원 | 초등4학년 | 값 9,500원 | 초등5학년 | 값 9,500원 | 초등6학년 | 값 11,000원

♣ 혼자 할 수 있어요.

엄마가 책 읽는 방법을 가르쳐 주어도 좋아요.
독서지도하는 선생님이 가르쳐 주어도 좋답니다.
"초등 교과서와 함께하는 **통합논술 시리즈**"는
아이 스스로 독서할 수 있도록 꾸며진 책이에요.
엄마와 선생님은 요령만 가르쳐 주시면 된답니다.

♣ 교과서의 중요한 내용이 총정리되어 있어요.

각 학년별로 중요한 교과 내용이 함께 수록되어 있어요.
초등학생은 교과서 내용을 충실하게 공부해야 합니다.
아울러 그와 병행한 독서가 대단히 중요하지요.
"초등 교과서와 함께하는 **통합논술 시리즈**"는
두 가지 방법 모두 알려준답니다.

♣ 이 책은 훌륭하신 선생님들이 함께 쓰신 책이랍니다.

동화작가 선생님들이 쓰셨어요. 소설가 선생님도 쓰셨답니다.
국어 논술독서지도 선생님들도 함께 쓰셨지요.
"초등 교과서와 함께하는 **통합논술 시리즈**"는
엄마의 마음으로 모든 선생님들이 함께 꾸민 책이랍니다.

입소문을 통해 아는 분은 다 알고 계십니다!
올 한해 공인중개사 최고의 화제작!

1~2권 합본 | 이용훈 지음
3~4권 합본 | 이용훈 지음
5~6권 합본 | 이용훈 지음
용어 해설 | 이용훈 지음

수험생 기본 필독서
만화 공인중개사

제목 : 만화공인중개사 쓰신 분에게 감사드립니다.

학원을 두 달 다녔어요. 근데 과연 그 숫자 외우기 그런 게 몇 문제나 나올까 생각을 했어요.
아니라는 생각이 드네요. 학원강의를 뒤로하고 서점을 갔어요. 내 머리에 가장 이해될 수 있는
책이 없나 하구요. 거기서 만화를 발견했어요. 무조건 세 번 봤어요. 3개월 걸렸어요. 문제집을 보라고
했는데 그건 시행을 못했어요. 근데 합격을 했네요.
어떻게 감사의 말을 해야 될지……
도서관에서 만화책 들고 다니니까 사람들이 비웃더라구요. 만화책으로 공인중개사를 공부한다고
미친 사람처럼 보더라구요. 근데 그거 다 감수하고 했던 내가 자랑스럽습니다.
어떻게 감사의 말을 해야 할지… 정말 감사합니다.
부디 행복하세요. 제 나이 41살에 좋은 스승을 만난 것 같습니다.
엎드려 감사드립니다.

－본사 홈페이지에 독자분이 올린 메일 中에서 발췌－